JOKAISEN LAPSI

Cathy McGough

Stratford Living Publishing

MITÄ LUKIJAT SANOVAT...

YHDYSVALTAIN:

"Cathy McGough'n Jokaisen lapsi on psykologinen trilleri, joka saa sinut ihmettelemään hämmästyttävään loppuun asti."

"Vau, en todellakaan odottanut enkä olisi voinut ennustaa tämän tarinan loppua."

"Hyvin rakennettu, juonivetoinen tarina."

"Käänteitä oli niin paljon, ja juuri kun olit saanut kaiken selville, matto revittiin alta pois."

"Olin ällistynyt kirjan puolivälissä, mikä sai minut todella miettimään, että MITÄ?"

U.K.:

"Tarina, joka on niin tiiviisti kirjoitettu, että se iskee."

"Luulin, että minulla oli kaikki selvillä, mutta olin niin väärässä."

"Nautinnollista luettavaa, jossa on yllättäviä käänteitä matkan varrella."

CANADA
"Minusta juoni oli kiehtova ja nautin kirjan lukemisesta loppuun asti."

"Helppolukuinen, nopeatempoinen, ja siinä on mielenkiintoinen lähtökohta

IN:
"Hyvin kirjoitettu nautinnollinen trilleri."

SISÄLLYSLUETTELO

Lapsia varten.

RUNO: Paperinukke

Paperinukke on sotkeutunut tuulen whirl of the wind.
Tunteista tyhjentyneenä she pyörii ja pyörii -
Ympäri ja ympäri, balleriinamaisia piruetteja
Vilkaisee takaisin elämän epäonnistumisiin ja
katumuksiin.

Kuumeisesti yrittäen paeta sen kynsistä...
Hänen korviinsa tuuli kuiskaa raiskausta.
Paperinukke on revitty raajasta raajaan -
Pelkkä muisto siitä, mitä olisi voinut olla.

Hän ei tunne kipua, sillä hän on vain lapsi...
She ei tunne mitään.

Kuule lasten huuto, kun he heittelehtivät ja
kääntyvät...
Vuonna unissa of heidän sleep
Suojele heitä elämän whirlwinds.

Juoskaa, lapset, juoskaa,
Ei ole enää kahleita sitomassa teitä.
Suojelkaa heitä elämän whirl-winds.

KAPPALE 1

BENJAMIN

SEITSEMÄNTOISTA-VUOTIAS BENJAMIN OLI TUNNOLLINEN työntekijä. Varsinkin kun hän oli jättänyt lukion kesken. Hän kävi pankissa kahdesti päivässä, kuutena päivänä viikossa. Aamulla käteistä. Iltapäivällä tallettaakseen päivän tulot. Kävely sinne ja takaisin sujui ongelmitta: kunnes tänä aamuna...

Hänen huomionsa kiinnittyi naiseen. Korkokengissään hän erottui kuin mannekiini rannalla. Hänen käsilaukkunsa ja aurinkolasiensa kultaiset lappuset heijastivat valoa ja saivat sen pomppimaan ja liikkumaan kuin tulikärpäset. Hänen hihaton mustan mekkonsa olkapään yli kulki punainen huivi.

Benjaminin katse seurasi huivin kulkua, kunnes se saavutti naisen ojennetun käden pään. Siihen oli kiinnittynyt pieni tyttö, joka ponnisteli pysyäkseen perässä. Lapsen, ehkä seitsemänvuotiaan, käsivarsi kurottautui myös taaksepäin. Siihen oli kiinnittynyt jokin esine: jäntevä, elävän kokoinen nukke. Hän katsoi kahdesti, koska nuken ja lapsen kasvot olivat kopiot. Sitten hän huomasi, että nuken ojennettu käsi kurottautui myös taaksepäin - ei mihinkään eikä keneenkään. Nuken jäntevät jalat ja kengät raapivat jalkakäytävää pitkin ja toivat perää.

Uteliaana hän seurasi outoa kolmikkoa, kun he kääntyivät kulman takana matkalla Ontariojärven rantakadulle.

Nainen pysähtyi, nykäisi vastahakoisen seuraajan kädestä ja kiihdytti sitten vauhtia. Pikkuinen kompuroi maahan päästämättä irti nuken kädestä. Hän nousi jaloilleen saadakseen vain selkäsaunan läpsäisyn poskelle. Läpsäyksen, jonka ääni sai hänet säpsähtämään, kun se tuntui kaikuvan.

Nainen käveli nopeasti, kun lapsen piipitys muuttui kiljahdukseksi. Hän nojautui taaksepäin ja kuiskasi lapsen korvaan: tuloksena oli hiljaisia kyyneleitä.

Asettaen sormensa hätänumeron pikavalinnalle, hän arvioi tilannetta. Jos hän olisi täysi-ikäinen mies - hän antaisi naiselle selkäsaunan. Sen sijaan hän jatkoi heidän varjostamistaan. Katsellen. Pacing itseään ihmettelemässä, mikä kiire sillä oli.

Takanaan hampaat irvessä pomppiva nukke sai hänet pelkäämään, joten hän siirtyi tien toiselle puolelle. Hän jatkoi oudon kolmikon tarkkailua. Erityisesti sitä, miten naisen punainen huivi erottui hänen korpinmustista hiuksistaan ja mekostaan. Nainen vaikutti sopimattomalta, aivan kuin hän olisi ollut matkalla lehden kuvauksiin kahden lapsensa kanssa.

Hetkinen. Nukketyyppi vaikutti tutulta. Hänen pomonsa Abe tilasi joskus samanlaisia nukkeja liikkeensä kautta. Yleensä joulua edeltävinä kuukausina.

Nuket oli suunniteltu ja lähetetty Euroopasta. Jokaisessa tilauksessa tarvittiin valokuva lapsesta. Sen piti jäljitellä ihonväri, hiukset ja silmien väri. Kuvan kääntöpuolelle kirjattiin yksityiskohdat, kuten pituus, paino ja kengänkoko.

Silloin hän huomasi, miksi pikkutyttö oli vaikeuksissa. Hänellä oli jalassaan kimaltelevat sandaalit, sellaiset, joissa oli nilkan ympärille kietoutuva nilkkanauha. Sandaaleiksi ne olivat nätit, mutta sopimattomat nopeaan kävelyyn. Tytön kaksoselle sandaalit eivät olleet ongelma, kun nukkea vedettiin jalkakäytävää pitkin.

Kun he saapuivat ensimmäiselle puistonpenkille, nainen oli rauhoittunut. Hän nauroi auttaessaan pikkuista riisumaan repun. Sitten hän varmisti, että tämä istui mukavasti, ennen kuin hoiti nukkea. Hän taivutti sen jalkoja ja pönkitti sen istuma-asentoon.

Hän siirtyi lähemmäs ja otti valokuvia rantavedestä, kunnes hänen puhelimensa värähteli. Se oli Abe, joka tarkisti, missä hän oli.

"Missä sinä olet?" Abe oli lähettänyt tekstiviestin. Abe oli Benjaminin pomo ja vuokranantaja. Abe piti tiukasti kiinni rutiineista.

"Lineup, B takaisin niin pian kuin mahdollista", poika tekstasi.

Aben vastaus oli peukku ylös -emoji.

Nainen polvistui, niin että hän oli silmästä silmään lapsen kanssa.

Teini otti täyden panoraamakuvan Ontariojärven horisontista CN Towerista Burlingtoniin.

"Kultaseni, unohdin lompakkoni", nainen taputti lapsen kättä. "Tulen pian takaisin, lupaan sen."

Lapsi pysyi hiljaa ja näpytteli sandaalejaan.

"Sattuuko jalkoihisi, kultaseni? Olen pahoillani, että meidän piti kiirehtiä. Voit levätä täällä, ja olet kunnossa, kun tulen hakemaan sinut. Odota tässä, jooko?"

Lapsi nyökkäsi ja laski jalkansa alas. Koska hän ei pystynyt koskettamaan maata, hän pysyi paikallaan.

"Kun olen poissa, älä liiku tältä penkiltä." Hän vilkaisi ympärilleen. "Äläkä puhu kenellekään. Muista, että meillä on salainen sana. Tiedätkö, mikä se on? Shh, älä kerro minulle. Muistatko sen?"

"Entä jos minun täytyy", lapsi kuiskasi, "käydä pissalla?"

"Odota, kunnes palaan. En viivy kauan. Mitä nopeammin menen, sitä nopeammin palaan." Hän nousi seisomaan ja suoristi selkänsä.

Pikkulapsi tarttui hänen käsivarteensa: "Ethän sinä unohda minua, ethän äiti? Niin kuin viime kerralla?"

Nainen huokaisi ja kuiskasi.

"Kultaseni." Hän taputti tyttärensä kättä. "Hain sinut koulusta ajoissa yhdeksänkymmentäyhdeksän kertaa, ja sinä muistat aina sen yhden kerran, kun olin myöhässä." Hän veti syvään henkeä ja astui sitten taaksepäin.

"Anteeksi, äiti."

Teini istui läheisellä penkillä ja selasi ottamiaan valokuvia. Hän vilkaisi ylös, kun nainen kääntyi. Hänen ilmeensä vaikutti nyt lapsellisemmalta, leuka eteenpäin työntyneenä.

"Tällä kertaa tiedän tien kotiin", tytär sanoi virnistäen.

Nainen puuskahti, kääntyi takaisin ja halasi tytärtään. "Minun on nyt mentävä, kulta."

"En ole vauva."

"Tiedän, ettet ole. Odota tässä, odota minua. Tulen pian takaisin. Vannon sen." Hän matki sydämen ristiä ja käveli sitten pois.

"Nähdään pian, äiti", lapsi sanoi. Hän koukisti niskaansa ja katseli, kuinka kuilu hänen ja äidin välillä kasvoi.

Teini katseli sitä kyynelehtivin silmin. Hän oli sittenkin hyvä äiti, tai parempi kuin hän luuli.

Äiti kääntyi ympäri, puhalsi pienelle tytölleen suukon ja jatkoi sitten kävelyä.

Hänen puhelimensa värähteli jälleen. Abe. Hänen oli päästävä pankkiin.

Lapsi avasi repun vetoketjunsa, veti esiin kirjan ja alkoi lukea. Hän katseli tyttöä minuutin tai kaksi. Oli söpöä, miten hän liikutti huuliaan äännelläkseen sanoja.

Hän tarkisti kellonsa. Nyt hän oli entistä varmempi, että äiti palaisi, kuten oli luvannut, ja lähti pankkiin.

Se oli ainoa keino estää Abea tulemasta etsimään häntä. Jos Aben piti tulla ulos kaupasta etsimään häntä...

Hän ei halunnut ajatella sitä.

KAPPALE 2

JENNIFER WALKER

KUN HÄN OLI MUUTAMAN metrin päässä, Jennifer vilkaisi takaisin tytärtään, joka pysyi ohjeiden mukaan penkillä. Hän inhosi tytön jättämistä sinne yksin, mutta mitä vaihtoehtoja hänellä oli sen jälkeen, mitä hän oli tehnyt? Hän avasi puhelimensa kameran ja otti kuvan tyttärestään. Kuvassa oli hänen pieni tyttärensä sinisen taivaan ja Ontariojärven vielä sinisemmän veden ympäröimänä. Tyytyväisenä siihen, ettei tytär liikahtanut, hän kääntyi siihen suuntaan, josta he olivat tulleet.

Paluumatkalla hän ajatteli kumppaniaan Mark Wheeleria. Hän oli seurustellut hänen kanssaan jo jonkin aikaa, vaikka tiesi, että mies oli jo naimisissa.

Suurimmaksi osaksi, ainakin kun he olivat julkisesti ulkona tai kun hänen tyttärensä oli paikalla, mies oli kiltti ja lempeä.

Mutta hänessä oli erilainen puoli, kun he olivat kahdestaan ja seksi oli esillä. Totta, joskus hän nautti orjuudesta, jopa hieman eroottisesta piiskaamisesta. Eroottinen tukehduttaminen vei kuitenkin asiat liian pitkälle. Tunne veden alle menemisestä, alas, alas, alas, alas. Hengityksen haukkuminen niin kuin sitä ei enää koskaan löytäisi, pelotti häntä. Niinpä tällä kertaa hän painoi jalkaa ja kieltäytyi tekemästä sitä. Mark meni ja teki sen itselleen, kun hän meni suihkuun. Kun hän palasi, mies oli kuollut. Hän oli ollut liian peloissaan edes irrottaakseen muovipussin miehen päästä. Sen sijaan hän meni tyttärensä huoneeseen ja vietti siellä yön, ja heti aamulla he lähtivät talosta.

Hänen puhelimensa soi, ja se oli vihdoin mies. "Sinun täytyy auttaa minua", hän sanoi. "Minulla ei ole muuta paikkaa, mihin kääntyä."

"Onko se Mark?" hänen ystävänsä, myös Markin kuljettaja Poncho kysyi.

Hän nyyhkytti. "Kyllä."

"Hyvä on, tulen heti. Olen noin vartin päässä. Koeta kestää."

Harhauttaakseen itseään hänen mieleensä pulpahti muisto Katiesta vastasyntyneenä, kun hän muisteli uudelleen sitä ensimmäistä kertaa, kun hän piti Katieta sylissään. Hänen tyttärensä oli pienin, pehmein ja kaunein pieni enkeli, jonka hän oli koskaan nähnyt. Hän kasvoi niin nopeasti. Jennifer inhosi tyttärensä jättämistä yksin rantaan, mutta ruumiista oli päästävä eroon. Varsinkin kun Markilla oli yhteyksiä yhteisöön ja huumemaailmaan. Vaikka hän kertoisi totuuden, häntä ei uskottaisi. Markin isällä oli kasoittain rahaa - eikä hän voinut ottaa riskiä joutua vankilaan. Mitä hänen vauvalleen tapahtuisi?

Hän nauroi ja ajatteli, kuinka monta kertaa hän oli syyttänyt äitiään siitä, että hän teki typeriä asioita miesten takia, jotka eivät olleet sen arvoisia. Hän katsoi taivaalle: "Äiti, olen pahoillani, kun tämä tekoni vie palkinnon." Historia toisti aina itseään. Tämän tietäminen ei tehnyt hänen oloaan yhtään paremmaksi.

Lopeta itsesi moittiminen, senkin typerys, hän ajatteli. Hän palaisi hakemaan Katieta ennen kuin huomaisi. Sitä paitsi tyttären repussa oli kirja. Nukke, jota he kutsuivat Katie Jr:ksi, kun hänen tyttärensä yritti keksiä, mitä nimeä sille annettaisiin, aiheutti hänelle karmivia tunteita. Hän oli antanut sen hänelle. Hän hankkisi tytölle toisen nuken ja heittäisi tuon roskiin.

Melkein kotona Jennifer huomasi valkoisen pakettiauton odottamassa pihatiellä. Poncho veti auton sisään autotalliin, sitten hän sulki sen. Hän astui sisään etuovesta ja päästi Ponchon sisään toivoen, että hänen utelias naapurinsa kadun toisella puolella oli muuten varattu.

KAPPALE 3

KATIE

LUETTUAAN KIRJAN NUKELLEEN KAHDESTI Katie pani kirjan pois. Hän katseli lokkeja, jotka lensivät ensin ylös ja sitten alas niin nopeasti työntäen nokkansa veteen. Joskus ne ponnahtivat takaisin ylös kantaen nokassaan pientä kalaa. Hän taputti, kun näin tapahtui. Useammin kuin kerran ohikulkijat pysähtyivät katsomaan, mitä hän taputti, ja yhtyivät hänen taputukseensa. Katie tunsi olevansa vähemmän yksin, kun näin tapahtui.

"Se on niin söpö", eräs nuori pariskunta sanoi hänelle. Koska he olivat toisilleen tuntemattomia, Katie ei sanonut mitään vaan jatkoi lokkien katselua.

Aika kului, kun aurinko siirtyi taivaalla pikkuhiljaa alaspäin ja poliisi pysähtyi. "Onko kaikki hyvin?"

"Älä puhu tuntemattomille", hänen äitinsä ääni sanoi hänen päässään. Hän oli kuitenkin poliisi. Hän oli joku, johon saattoi luottaa hädän hetkellä. "Minä odotan äitiäni. Hän tulee kohta takaisin."

Poliisi taisi uskoa äitiä, sillä hän nosti hattua ja käveli eteenpäin.

"Kiitos", hän sanoi toivoen näkevänsä äitinsä kävelevän häntä kohti. Hän sulki silmänsä ja avasi ne uudelleen toivoen toisenlaista tulosta. Ei ollut sellaista onnea.

Katie litisti punaista mekkoaan edestä. Hän nosti hiukan hihaa, jossa kuminauha puristi häntä ja jätti jäljen. Hän keinui eteen- ja taaksepäin. Pelkkä liike sai hänen sandaaliensa nilkkaosan kiristymään, joten hän lopetti jalkojensa liikuttelun.

Viime yönä Mark ja äiti olivat peitelleet hänet sänkyyn. Sitten hän kuuli ääniä. Kun ne olivat kovaäänisiä - huutavia - se oli pelottavaa, mutta ei tarpeeksi pelottavaa estääkseen häntä nukahtamasta.

Hänen äitinsä sanoi aina: "Katie, voisit nukkua tornadon läpi." Tämä sai Katien nauramaan.

Kun he lähtivät aamulla talosta, äiti sanoi, että Mark nukkui pitkään. Siksi heidän piti pukeutua ja lähteä talosta nopeasti.

Kun verhot siirtyivät kadun toiselle puolelle, Katie sanoi: "Hän etsii taas, äiti".

"Älä huolehdi siitä uteliaasta vanhasta lepakosta", äiti sanoi ja veti tytärtään mukanaan nuken tuodessa perässä.

Mark ei ollut Katien oikea isä, mutta hän kävi usein. Joskus hän osti Katille tavaroita, kuten nuken. Kun Katie oli paikalla, hänen äitinsä oli aluksi iloinen. Sitten hän lähti pois, ja äiti sanoi, ettei hän koskaan palaisi. Mutta hän tuli aina.

Pikkutyttö eli jatkuvassa hämmennyksessä. Miehiä tuli ja meni. Silti hän rakasti nukkea, joka oli hänen kaksosensa.

Ongelmana oli, mikä nimi hänelle annettaisiin. Hän ei voinut kutsua häntä Katie Kakkoseksi, koska kaksosilla ei ole samaa etunimeä. Vaikka hänellä oli ollut hänet jo jonkin aikaa, nukke oli edelleen nimetön.

Lapsi ei kaivannut isää suurimman osan ajasta. Lapset eivät useinkaan kaipaa jotain, mitä heillä ei koskaan ollut. Kunnes yhteiskunta muistuttaa heitä siitä - kuten isänpäivälounaalla koulussa.

"Tuletko isäksi kouluun isänpäivälounaalle?" "Tuletko isäksi kouluun isänpäivälounaalle?" Katie kysyi Markilta.

"Mielelläni, kultaseni", hän vastasi.

"Mutta Mark on kiireinen mies", Katien äiti sanoi.

Kun isänpäivä koitti, Katie oli siellä ainoa lapsi, jolla ei ollut ketään. Muut lapset, joilla ei ollut isää, toivat mukanaan isoisät, veljet tai sedät. Katie, jolla ei ollut yhtään niistäkään, oli vieläkin järkyttyneempi.

Kun Katie purskahti itkuun ruokapöydässä, hänen äitinsä soitti rehtorille. Hän vaati koulua kieltämään isänpäivän tapahtumat kokonaan.

Katie ei halunnut, että sitä peruttaisiin kaikilta. Hän halusi vain osallisuutta. Markin läsnäolo olisi tehnyt kaikesta hyvää kaikille.

Lokkilintu lensi lähistöllä. Lintu kakkasi keskelle lokkia ja jätti matkamuiston jälkeensä. Se roiskui lapsen ja nuken mekkojen päälle. Katie pyyhki ensin kyyneleet pois silmistään. Sitten hän teki saman nukelle.

Hän toivoi, että hänen äitinsä kiirehtisi takaisin.

KAPPALE 4

BENJAMIN

N YT OLI MYÖHÄINEN ILTAPÄIVÄ, ja Benjamin oli menossa pankkiin. Hän vilkaisi rantaan päin: lapsi oli yhä siellä! Hän oli ollut oikeassa ensimmäisestä vaistostaan - tytön äiti oli häpeällinen vanhempi. Pienen tytön jättäminen yksin rantaan koko päiväksi oli hylkäämistä.

Hän kiirehti rannalle. Hänen oli päästävä eroon päivän tuloista ennen pankin sulkemista. Sen sijaan, että hän olisi odottanut, hän talletti rahat automaattiin ja palasi sitten katsomaan pientä tyttöä.

Abe oli lähettänyt hänelle jo kahdesti tekstiviestin ja kysynyt, missä olet?

Aluksi hän oli ajatellut, että oli jännittävää esitellä Abelle teknologiaa, mutta nyt se oli rasittavaa. Ei sillä, että Abe olisi epäluuloinen Benjaminia kohtaan. Itse asiassa mies ja hänen vaimonsa olivat Benjaminin laillisia huoltajia. Vaikka Abe oli ihmisalalla myymässä tavaroita yleisölle, hän ei ollut ihmismies.

"Tarvitsen 2 t/c jostain ensimmäisestä", teini vastasi.

"Okie, dokie", Abe vastasi. "Täytyy kutsua vaimo keittiöstä auttamaan!"

Hän naurahti ennen kuin lähetti sopivan emojin, kun hän lähti takaisin katsomaan pientä tyttöä.

KAPPALE 5

KATIE

KATIE JÄI PUISTON PENKILLE. Hän näki horisontissa auringon laskevan. Oli jo myöhä. Hänen äitinsä oli unohtanut hänet - taas kerran. Lapsen oli pakko virtsata ja hän harkitsi kotiin kävelemistä. Hän tiesi tien, mutta hänellä ei ollut avainta. Hän toivoi, että hänellä olisi ollut juoksulenkkarit tai vähemmän puristavat sandaalit.

Hän ei halunnut olla ulkona, kun tuli pimeä. Nytkin hän kuvitteli ympärilleen muodostuvia varjoja, jotka olivat pilvien heijastuksia. Kun varis lauloi, hän hyppäsi ja vapisi. Leppäkerttu ryömi hänen jalkaansa pitkin hänen mekolleen. Hän nosti sen sormeensa ja antoi sen kävellä käsivarttaan pitkin, kunnes se jätti kävellessään keltaisen juovan.

"Ei se mitään", hän kuiskasi hyönteiselle, "kaikki pissaavat". Hän laski kauniin punaisen ötökän penkille, ja se lensi pois.

Hänen vatsansa murisi, ja hän näpytteli laukkuaan ja kaivoi sieltä sulaneen mini-Kit-Katin. Se maistui niin hyvältä, mutta hän toivoi tosiaan, ettei se olisi ollut mini, ja toivoi, että hänen äitinsä palaisi pian.

Lapsi teeskenteli ruokkivansa nukkea ja palasi sitten lukemaan.

Hän oli lukenut kirjan niin monta kertaa, että hänen ajatuksensa harhailivat takaisin aiemmin päivällä, kun äiti kertoi, ettei hän menisi tänään kouluun.

"Miksi?" hän kysyi. "Minä haluan mennä kouluun."

"Tänään menemme rantaan. Katselemme lintuja, kuuntelemme aaltoja, ja myöhemmin menemme kahvilaan hakemaan vauvakiinteistöjä."

"En ole enää vauva", Katie protestoi.

"Tiedän, ettet ole, mutta etkö silti rakasta Baby Chinoja?"

Pikkutyttö työnsi leukaansa miettien Baby Chinoja. Hän oli nyt iso tyttö, ja kun äiti tuli hakemaan häntä, hän tilasi sen sijaan ekstrasuuren mansikkapirtelön.

"Siitä tulee niin hauskaa!" hänen äitinsä ääni kaikui hänen korvissaan.

"Niin hauskaa", lapsi toisti. Sitten hänen ajatuksensa harhailivat: "Voinko tuoda hänet mukaan?" Katie oli kysynyt. Tämä viittasi hänen nukkeensa.

"Kyllä voit, kunhan kannat häntä koko matkan sinne ja takaisin. Ja muista, että sinulla on myös reppusi päällä."

"Hyvä on, äiti, minä kannan." Katie laittoi kätensä repun hihnojen läpi ja kietoi kätensä nuken vyötärön ympärille.

Hänen yläpuolellaan V:n muotoinen joukko kanadanhanhia torjui taivaalla. Hän huomasi, että aurinko oli laskenut hieman lisää. Hän vapisi ja otti nuken kädestä kiinni, kun askeleet lähestyivät. Ne kuuluivat henkilölle, jonka nähdessään hän tajusi, ettei hän ollut poika eikä mies - hän oli jossain siltä väliltä.

Hän taittoi kätensä ympärilleen. Kun aurinko vajosi syvemmälle ja hän toivoi, että hänellä olisi ollut villapaita tai takki. Hän huomasi, ettei pojalla/miehellä ollut kumpaakaan. Hänen mustassa t-paidassaan oli edessä kivi, ja sen alla luki ZOOM!, mikä muistutti häntä samannimisestä televisiosarjasta. Pojan/miehen kasvoissa ja käsivarsissa oli kultainen rusketus. Hänellä oli mustat farkut ja juoksulenkkarit.

Pimeys oli tulossa, ja hän halusi äitinsä palaavan ja vievän hänet taas kotiin. Siihen asti hän toivoi, että poika/mies sanoisi hänelle jotain, mitä tahansa.

Vaikka hänen ei pitänyt puhua tuntemattomille, jonkun toisen ääni lohduttaisi häntä, kun hänestä tuntui tältä. Tosin pojalle/miehelle oli todennäköisesti sanottu sama asia - älä puhu vieraille.

Toinen asia oli se, että jos hän puhuisi hänelle, hän luultavasti itkisi. Hän ei halunnut pojan pitävän häntä vauvana, sillä jos niin kävisi, hän soittaisi poliisille ja saisi selville, ettei tämä ollut ensimmäinen kerta, kun hänen äitinsä oli unohtanut hakea hänet.

Hän nosti kirjansa ja käytti sitä seinänä, jotta poika/mies ei näkisi hänen putoavia kyyneleitään.

KAPPALE 6

BENJAMIN

Hän käveli ohi nähdäkseen, puhuisiko tyttö hänelle, mutta tyttö ei ollut sanonut sanaakaan, mutta näytti niin surulliselta, ja sitten hän piiloutui kirjansa taakse. Hän jatkoi kävelemistä ja piiloutui pusikkoon tytön taakse, jotta hän voisi pitää tyttöä silmällä tämän tietämättä.

Kerran, hän muisti, kun hän ja muut lapset leikkivät ulkona, mies oli mennyt ohi. Mies pysähtyi ja puhui yhdelle tytöistä, palasi sitten autollaan ja yritti houkutella tyttöä sisälle. Benjamin juoksi ja kertoi sijaisvanhemmilleen, mitä oli tapahtunut. Hän jopa painoi rekisterinumeron mieleensä, minkä ansiosta he saattoivat ilmoittaa asiasta poliisille.

Se oli yksi harvoista kerroista, kun he kuuntelivat häntä, ja häntä ja muita lapsia kiellettiin leikkimästä etupihalla.

Tämä pieni tyttö oli kauheassa tilanteessa, ja pian tilanne pahenisi, kun pimeä tulisi täysin pimeäksi. Kyllä, penkin lähellä oli katulamppu, mutta se teki tytöstä entistä haavoittuvamman. Hän oli yhtä näkyvä kuin majakka myrskyssä.

Hän siveli kättään ikivihreää pensasta vasten. Makea joulun tuoksu toi mieleen muistoja menneistä ajoista. Kuten ensimmäinen joulu Aben ja Elin kotona. He olivat antaneet hänelle enemmän lahjoja kuin hän oli saanut kaikkina jouluina yhteensä.

Hän pudisti päätään ja mietti, pitäisikö hänen soittaa poliisille? Ei, hän odottaisi vielä hetken. Hän halusi olla väärässä. Hän halusi tytön äidin palaavan hakemaan hänet. Hän päätti antaa tytölle vielä vähän aikaa.

Hän erotti oksia, joiden raapivat neulaset saivat hänet kutiamaan.

Benjaminin äiti ja isä eivät olisi koskaan jättäneet häntä näin yksin. Ei tahallaan. He kuolivat, kun hän oli pieni, ja tekivät hänestä orvon - ilman omaa syytään. Onnettomuuksia sattui, kyllä, hän tiesi onnettomuuksista. Onnettomuus selittäisi kaiken.

Pikkutytöllä oli kylmä, ja hän vapisi, kun aurinko laski yhä alemmas horisontissa.

Koska hänellä ei ollut takkia tytölle tarjottavana, hän saattoi tarjota vain ystävälliset kasvot, mutta ensin hänen oli keksittävä suunnitelma A. Ja kun hän oli saanut sen lujasti mieleensä, hän tarvitsi suunnitelman B.

Hän kyykistyi pensaiden taakse miettimään.

KAPPALE 7

KATIE

Hän kuuli tuulen kutittelevan puita, kun päivä vaihtui yöksi. Hän kuuli ääniä takanaan, mutta ei uskaltanut kääntyä. Sen sijaan hän tarttui nuken toiseen käteen ja piti molempia rintaansa vasten.

Hän muisti ajan, jolloin hänen äitinsä oli päättänyt antaa hänelle opetuksen. He olivat olleet elokuvateatterissa. Hän sanoi ostavansa lisää popcornia.

"Älä puhu kenellekään äläkä käänny ympäri."

"Hyvä on, äiti."

Takarivistä Katie ei tiennyt, että hänen äitinsä katseli häntä. Hän ja toinen mies, ei Mark, odottivat, kunnes Katie kääntyi ympäri.

"Ha!" hänen äitinsä torui.

"Ah, jätä hänet rauhaan", hänen äitinsä seuralainen oli sanonut, kun Katie purskahti itkuun.

Myöhemmin hän lähti teatterista, ja heidän oli otettava taksi kotiin.

Katien äiti lupasi, ettei leikkiä enää koskaan. Hän kietoi kätensä ympärilleen.

KAPPALE 8

BENJAMIN

Kun hän oli laatinut mielessään suunnitelmat A ja B, hän mietti, mitä hän sanoisi. "Kaikki järjestyy", hän kuiskasi itselleen. Ei, se kuulosti kornilta. "Vien sinut jonnekin turvalliseen paikkaan", hän kuiskasi, säikähtäisikö se tyttöä? Hänhän oli muukalainen. Tilanne oli hankala, eikä hän halunnut sanoa väärää asiaa.

Samalla hänen oli ajateltava myös omaa turvallisuuttaan. Hän oli teini-ikäinen, ulkona myöhään, julkisessa puistossa. Vartioimassa pientä tyttöä - varmistamassa, ettei tälle tapahdu mitään pahaa. Muut saattoivat ymmärtää hänen läsnäolonsa väärin.

Puhumattakaan siitä, että pojat yksin julkisilla paikoilla saattoivat joutua kaikenlaisiin tilanteisiin. Etenkin jos laumat

poikalauma tulisi paikalle ja haluaisi hyökätä hänen kimppuunsa tai aiheuttaa tappelun.

Kerran, kauan sitten hän oli joutunut tällaisen joukon armottoman takaa-ajon kohteeksi - hän oli päässyt pakoon vain siksi, että oli juossut nopeammin. Pelkkä sen ajatteleminen nyt toi kaikki kauhut mieleen. Hän kietoi kätensä ympärilleen.

Hän asetti aikarajan. "Jos kukaan ei tule noutamaan häntä vielä kolmenkymmenen minuutin kuluessa", hän kuiskasi, "puhun hänen kanssaan." Hän kuiskasi.

Kun kolmekymmentä minuuttia oli kulunut, hän tarkisti suunnitelmat. Suunnitelma A: hän tarjoutuisi auttamaan saattamalla naisen kotiin. Suunnitelma B, jos nainen ei tietäisi osoitettaan, hän tarjoutuisi viemään hänet poliisiasemalle. Kummassakaan tapauksessa hän ei aikonut lähteä ranta-alueelta ennen kuin tämä pieni hylätty lapsiparka olisi jossakin, turvassa.

KAPPALE 9

KATIE

H äN ISTUI SUORASSA, KUN etäisyydeltä kuului askelia. Korkokengät. Hänen sydämensä paisui. Hänen äitinsä oli vihdoin tulossa hakemaan häntä!

Hän nosti nuken ylös ja katsoi katulamppua yläpuolellaan. Hän kuvitteli valon valuvan alas ja lämmittävän häntä. Hän toivoi, että olisi ajatellut sitä aiemmin, sillä hän ei enää palellut. Mielikuvitus oli maaginen asia; pahat asiat saattoi aina ajatella pois.

Hän muisti muut kerrat, jolloin hänen äitinsä oli jättänyt hänet. Kerran hän oli ollut ainoa lapsi, joka oli jäänyt kouluun päivän päätteeksi. Yksi opettajista oli huomannut sen ja vienyt hänet rehtorin puheille, aivan kuin hän itse olisi tehnyt jotain väärää. Hän ei ollut tehnyt.

Myöhemmin, kun hänen äitinsä tuli hakemaan häntä, rehtori ärähti.

Toisinaan äiti oli jättänyt hänet pitkäksi aikaa tuttujensa luokse. Tämä kerta oli erilainen. Hän oli aivan yksin.

Korkokengät naksahtivat lähemmäs.

KAPPALE 10

BENJAMIN JA KATIE

BENJAMIN PÖRRÄSI IKIVIHREÄSSÄ PENSAASSA ja tarkkaili pientä tyttöä. Hänelle tyttö oli kuin pikkusisko, vaikka he eivät olleet aiemmin tavanneet. Hän oli ikäistään viisaampi. Sijaisperheessä hänen oli suojeltava muita. Kerran tai kaksi hän joutui vaarantamaan itsensä, koska kukaan ei kuunnellut. Vilkaisten puhelintaan hän hengitti syvään. Toinen kolmenkymmenen minuutin jakso oli ohi. Sitten hän menisi hänen luokseen.

Korkokengät naksahtivat jalkakäytävällä.

Hän työnsi päänsä ulos pensaista ja heilautti oksaa pois. Hän halusi nähdä kauan odotetun onnellisen jälleennäkemisen. Tämä nainen ei ollut äiti. Hän jatkoi kävelyä.

Hän huokaisi.

Kunnes nainen kääntyi takaisin ja lähestyi penkillä istuvaa pientä tyttöä. Hän kumartui ja kuiskasi jotain.

"Olen pahoillani, mutta en saa puhua tuntemattomille", Katie sanoi nojautuen taaksepäin.

Nainen haisi kuin olisi kylpenyt haisevassa punaviinissä, jota äiti ja Mark joivat hienoista laseista. Hän tukki sormillaan nenänsä.

"Nimeni on Jenny", hän sanoi. "Mikä sinun nimesi on?"

Hän ei puhunut, vaan jatkoi nenänsä tukkimista hajun torjumiseksi.

"Olet liian nuori olemaan täällä yksin. Missä vanhempasi ovat?" Nainen katsoi ympärilleen ja kuiskasi: "Tule ja kerro nimesi, niin emme ole enää vieraita." Hän kuiskasi.

Benjamin ei kuullut mitään, ennen kuin nainen sanoi: "Nouse ylös!"

Ja silmänräpäyksessä hän oli siellä, kuin kranaatti olisi pudotettu.

Jenny-niminen nainen ojensi kätensä ja yritti pakottaa Katien tarttumaan siihen, mutta tämä piti edelleen toisella kädellä tiukasti nenästä kiinni ja toisella kädellä nukestaan.

"Siinähän sinä olet!" hän sanoi ja heilutti etusormeaan naiselle. "Käskin sinun laskea kymmeneen ja tulla sitten etsimään minut!"

"Minä", hän sanoi, "olen pahoillani".

"Tut", Jenny-niminen nainen sanoi, kun hän näpelöi käsilaukkuaan ja kaivoi puhelimensa esiin. Hän laittoi sen korvaansa, alkoi puhua ja käveli pois. Pimeydessä kaikui hänen kenkiensä naksahdus.

"Haittaako, jos odotan tässä kanssasi?" hän kysyi. Nainen nyökkäsi, ja mies istuutui penkille hänen viereensä. Kun kenkien naksumista ei enää kuulunut, hän sanoi: "PU, nyt tiedän, miksi pidit nenääsi kiinni!" "PU, tiedän nyt, miksi pidit nenääsi kiinni!"

"Haju on paha, mutta se maistuu vielä pahemmalta."

"Oletko maistanut viiniä?" mies kysyi.

"Kerran, se on salaisuus. Äiti ei tiedä."

"Salaisuutesi on turvassa minun luonani", hän sanoi. "Haluatko, että saatan sinut kotiin?"

"Minä odotan äitiäni. Hänen pitäisi tulla hakemaan minut pian." Hänen äänensä horjui ja hän katsoi jalkojaan.

"Voinko soittaa kenellekään hakemaan sinut? Ketään ylipäätään?"

"Ei. Äiti tulee aina."

"Eihän sinua sitten haittaa, jos odotan täällä kanssasi?"

"Kuten haluat", Katie sanoi.

Kolmikko istui yhdessä puiston penkillä. Vaaleatukkainen pikkutyttö kaksoisolennon kanssa ja tummahiuksinen teini-ikäinen.

"Mikä sinun nimesi on?" Katie kysyi. "Minun nimeni on Katie."

"Minä olen Benjamin, mutta voit kutsua minua Benjiksi, jos haluat."

"Näin kerran elokuvan, jossa oli pieni koira nimeltä Benji. Se näytti rähjäiseltä, kuten sinä."

Hän harjautti hiuksiaan sormella.

"En tarkoittanut sitä", hän sanoi. "Tarkoitan, ettet näytä liian rähjäiseltä."

Mies nauroi, ja hänkin nauroi. He kuuntelivat hetken aikaa aaltojen lyömistä kallioihin ja katselivat tähtiä, jotka tanssivat taivaalla heidän yläpuolellaan.

Tyttö vapisi.

"Sinä palelet. Olisipa minulla takki, jonka voisin antaa sinulle."

"Ei se haittaa, ajatus ratkaisee."

"Olet oikeassa, se on ajatus. mutta myös ajatusten taustalla olevat teot ja aikomukset, jotka innoittivat ajatuksia. Tarkoitan siis, että sen toteuttaminen. Ymmärrätkö, mitä tarkoitan?" Hän nyökkäsi.

He istuivat yhdessä hiljaa muutaman hetken, ennen kuin Benjamin puhui jälleen.

"Tiesitkö, että voit ajatella päinvastoin kuin miltä sinusta tuntuu, ja muuttaa kaiken?"

"Tiedän, että mielikuvitus on voimaa", hän sanoi kulmia kohottaen. "Mutta miten?"

"Ah, olet siis skeptikko?"

"Olenko?" hän epäröi. "Mikä minä olen?"

"Skeptikko on henkilö, joka ei usko kuulemaansa - ellei hänellä ole todisteita. Haluaisitko, että näytän sinulle miten, jotta kaikki muuttuisi?"

Hän virnisti: "Kyllä, kiitos!"

Hän aloitti: "Kun minulla on kylmä, laulan päässäni laulun, joka on vastakohta kylmälle...".

"Tarkoitatko lämmintä?"

Hän nyökkäsi.

"En tiedä yhtään lämmintä laulua."

"Jos et tiedä lämmintä laulua, keksi sellainen:

Tänään on naurettavan kuuma,

Jäätelöni sulaa.
Kun aurinko paistaa alas
Kun aurinko paistaa päälleni.
Suklaa kun sulaa.
Maistuu vielä paremmalta
Kun aurinko paistaa
Kun aurinko paistaa alas niin lämpimästi."

"Tiedän sävelen, mutta siinä on eri sanat", hän sanoi.

"Ah, sinä tunnistit, että lauloin sanani Frère Jacquesille."

"Oikein nokkelaa", hän sanoi.

"Onko sinulla nyt lämpimämpi olo?"

Hän oli lakannut vapisemasta ja hanhenpuuskat käsivarsistaan olivat kadonneet. "Se toimii!"

He jatkoivat laulua yhdessä Frère Jacquesin sävelin. Pian ruoasta laulaminen sai heidät molemmat tuntemaan nälkää.

"Osaatko viheltää?" hän kysyi.

Tyttö katsoi jalkojaan. "En, mutta minun ei tarvitse osata - ei, jos tiedän sanat."

"Totta", mies sanoi.

He palasivat katselemaan taivasta. Kun hän löysi miehen kuussa, hän teeskenteli olevansa

katkaisevansa juustopalan miehen kasvoista. Hän tarjosi palan ensin Benjille.

"Tämä on parasta juustoa, mitä olen koskaan maistanut."

Hän otti toisen puraisun: "Olen niin täynnä", hän huokaisi."

He olivat hetken aikaa hiljaa.

"Kuinka kaukana sinä asut?"

"Ei se kaukana ole, mutta näillä sandaaleilla - ne nipistävät - se vaikuttaisi siltä. Sitä paitsi minulla ei ole avainta."

"Ai niin, näen kyllä, että nilkkasi näyttävät punaisilta."

"Sitä paitsi äiti käski minun olla liikkumatta tästä paikasta."

Hän risti kätensä. "Hyvä on, me odotamme, mutta meidän ei ole turvallista jäädä tänne enää kauaksi."

"Entä äitisi ja isäsi?" hän kysyi, nyt hän alkoi taas tuntea kylmää ja lauloi päässään aurinkoista laulua.

"He ovat taivaassa."

"Olen pahoillani", hän sanoi taputtaen miehen kättä.

"Ei se mitään, se tapahtui vuosia sitten." Hän oli hiljaa ja lauloi aurinkoista laulua päässään. "Minulla on ajatus. Voisit tulla luokseni. Sinä voisit nukkua sängyssä ja minä isossa mukavassa tuolissa. Voisimme tulla aamulla takaisin ja odottaa äitiäsi silloin."

"Kun äitini palaa, jos olen liikkunut tuumaakaan - hän on vihainen."

"Minä selitän kaiken. Hän haluaisi sinut turvaan. Minun luonani olet turvassa."

"Ai", hän sanoi vilkaisten ympärilleen. "On pimeää."

"Niin, ja kun on myöhä ja pimeää - no, silloin voi olla väärässä paikassa väärään aikaan. Kauheita asioita voi tapahtua."

Hän risti kätensä, sillä nyt häntä palelsi taas.

"En halua pelotella sinua, mutta minun pitäisi viedä sinut kotiin. Ehkä äitisi on jo siellä odottamassa."

"Enpä usko, mutta..."

"Kannattaa yrittää", hän nousi seisomaan. "Katsotaan, mitä nukke ajattelee." Hän otti muutaman askeleen ja kumartui sisään, aivan kuin nukke olisi kuiskannut hänen korvaansa. "Ai niin", hän sanoi. "Tiedän, mutta varmasti ystäväsi äiti ymmärtäisi. Hmm. Kyllä."

"Mitä hän sanoo?"

"Hänkin haluaa mennä kotiin. Päivä on ollut hirveän pitkä." Sitten nukelle: "Mutta Katien jalkoihin sattuu niin paljon, että meidän pitäisi jättää sinut tänne, jotta voisin viedä hänet kotiin."

"Emme voi jättää häntä tänne. Hän on paras ystäväni."

"Ja hän on hyvä ystävä, kun pitää sinulle seuraa täällä koko päivän."

Hän katsoi puhelintaan, akku loppuisi pian. Hän ei voinut kantaa tyttöä ja nukkea selässään. Pitäisikö hänen soittaa hätänumeroon ja pyytää poliisi hakemaan hänet? Kävely poliisiasemalle oli yksi vaihtoehto, mutta se oli melkoisen matkan päässä.

"Tiedätkö tietä, kotiisi?"

"Luulen niin."

"Okei, Katie, ehdotan siis suunnitelmaa A."

"Mikä on suunnitelma A?"

"Suunnitelma A on se, että minä kuljetan sinut sikamaisesti kotiin, niin sinun ei tarvitse kävellä ja satuttaa jalkojasi entisestään. Jos äitisi on kotona, tulen takaisin ja tuon nukkeesi sinulle. Kuulostaako se sinusta hyvältä?"

"Kyllä, pidän suunnitelmasta A."

"Nyt suunnitelma B", hän sanoi. "Jos sinulla on suunnitelma A, sinulla pitäisi aina olla myös suunnitelma B."

Hän avasi kätensä ja nyökkäsi.

"Suunnitelma B, vain jos äitisi ei ole kotona, voisi mennä tavalla tai toisella."

"Kummasta tavasta minä pidän eniten?" hän kysyi ja odotti sitten miehen vastausta.

Hän harkitsi vaihtoehtoja uudelleen. Pitäisikö hänen soittaa poliisille vai viedä tyttö kotiin ja tulla takaisin aamulla? Hän selitti.

"Oli miten oli, minun on jätettävä nukkeni tänne, eikö niin?"

"Mitä jos piilotettaisiin hänet tuonne ikivihreään pensaaseen? Se on kuin hän odottaisi sinua joulukuusen alla! Sitten voimme tulla aamulla hakemaan hänet. Hän tuoksuu joululta, ja hän voi kertoa sinulle kaiken seikkailustaan."

Hän kumartui ja nukke kuiskasi jotain. "Hyvä on", hän sanoi.

Osa hänestä toivoi, että hänen äitinsä olisi kotona. Toinen osa oli huolissaan siitä, että hän jättäisi tytön

äidin, joka ei vaivautunut hakemaan häntä. Hän kuuli Elin äänen päässään. "Älä tuomitse", El sanoi. Kuten aina, El - hän toivoi - osoittautuisi oikeaksi.

El oli naimisissa Aben kanssa. He olivat hänen lailliset huoltajansa, vuokranantajansa ja työnantajansa. Koska hän oli jättänyt lukion kesken, hän vietti suurimman osan ajastaan heidän kanssaan ja tiesi, että he ymmärtäisivät - ja haluaisivat auttaa.

Benjamin pyyhkäisi kätensä alas ja kumarsi tytölle. "Arvoisa rouva, oletteko valmis kuljetettavaksi kotiin?"

"Unohdin jotakin", hän sanoi huuli pyöreänä.

Benjaminin kulmakarvat kaartuivat: "Mitä unohdit?" Hän kysyi: "Mitä unohdit?"

"Minun ei pitäisi puhua tuntemattomille."

"Niin, no, emme ole enää vieraita. Tiedät nimeni ja minä tiedän nimesi, ja olen innoissani voidessani tarjota sinulle kuljetuksen takaisin vaatimattomaan kotiisi." Hän laskeutui yhdelle polvelle.

"Nouse ylös!" hän käski kikattaen noustessaan penkille. Benji kääntyi ympäri, ja tyttö heitti kätensä hänen kaulansa ympärille, ja pian he olivat jo matkalla.

"Odota hetki", hän käski ja osoitti nukkea.

"Hups", Benji sanoi ja nosti nuken. Hän piilotti sen ikivihreiden pensaiden alle.

"Olet oikeassa", Katie sanoi. "Täällä tuoksuu joululta."

"Kaikki valmiina lähtöön?"

Kun Katie oli kertonut, mistä oli kyse, Benjamin kirjoitti puhelimeensa Katien osoitteen.

Katie naurahti. "Saanko kysyä sinulta jotain?"

"Ei, anna mennä vain."

"Se on henkilökohtainen, äidistäsi ja isästäsi."

"Ei haittaa, siitä on kauan aikaa. Kysy vain."

"Äiti sanoo aina, etten saisi olla liian henkilökohtainen."

"Minulle sopii."

"Puhutko sinä, puhutko heille?"

Hän oli yllättynyt. Kukaan ei ollut koskaan kysynyt häneltä tuota. "En", hän vastasi.

"Etkö koskaan?"

"En."

"Käänny taas tästä." Hän kääntyi. "Eivätkö he ole mielestäsi yksinäisiä ilman sinua?"

"Minä", hän ei tiennyt, miten vastata, joten hän ei vastannut muutamaan minuuttiin. "He jättivät minut, yksin. Se oli onnettomuus, mutta..."

"Et puhu heille, koska luulet, että onnettomuus oli heidän vikansa?" Hän piteli tiukemmin kiinni ja painoi päänsä miehen olkapäätä vasten.

"En ole vihainen heille. He eivät jättäneet minua tahallaan, mutta kyllä, olen vihainen."

"Jumalalle?"

"Olin vihainen kaikille, sitten tapasin Juliuksen. He ottivat minut luokseen ja antoivat minulle kodin. He auttoivat minua rakentamaan uuden elämän. Ollakseni taas osa perhettä. He jopa sanoivat, että itkeminen on ok. Poikana en ollut tottunut siihen, että se oli ok. Olet pikkutyttö, joten minun ei pitäisi sälyttää ongelmiani sinulle. Minusta meidän pitäisi puhua jostain muusta."

Pieni enkeli ei sanonut mitään muutamaan minuuttiin. Hän nukkui syvään.

Hän huomasi pian, että tyttö oli oikeassa etäisyyden suhteen. Se ei ollut ollut lainkaan liian kaukana.

Ensimmäinen asia, jonka hän huomasi heti, oli se, että hänen talonsa oli täysin pimeässä. Hän oli toivonut näkevänsä ainakin kuistin valot syttyvän toivottaakseen lapsen tervetulleeksi kotiin. Sen sijaan sielläkin oli pilkkopimeää, ja hänen oli vaikea uskoa,

-

löytää ovikelloa. Hän soitti sitä muutaman kerran, mutta vastausta ei kuulunut, kuten hän oli odottanutkin.

Hän astui taaksepäin ja tutki katseellaan kaikki ympäröivät talot kadun molemmin puolin. Myös ne olivat kaikki pimeyden peitossa, vaikka hän luuli hetken ajan nähneensä kadun toisella puolella sijaitsevan talon ylimmässä kerroksessa verhon liikkuvan. Koska hänellä ei ollut muuta vaihtoehtoa, hän palasi takaisin samaa tietä kuin oli tullutkin.

Pikku Katie ei ollut raskas, mutta hänestä tulisi ajan myötä raskaampi, ja hänen luokseen oli vielä pitkä kävelymatka. Hän oli erittäin onnellinen, ettei ollut suostunut raahaamaan nukkea mukanaan. Hän toivoi, että se olisi tarpeeksi turvassa siellä, missä se oli.

Hän nosti päätään: "Huomasitko sinä?"

"Mitä?"

"Joskus verho siirtyy kadun toiselle puolelle. Äiti sanoo, että meillä on utelias naapuri."

"Voi, en huomannut mitään. Ovatko ne kuitenkin mukavia naapureita?"

"En tiedä. Äiti käskee aina olla puhumatta tuntemattomille."

"Edes naapureiden kanssa?"

"Kyllä, varsinkin meidän uteliaita naapureitamme."

"Okei, Katie, taidamme olla nyt suunnitelma B:ssä. " Hän haukotteli. "Suunnitelma B."

"Kyllä, rouva", hän sanoi ja kiihdytti vauhtia. Katie kuorsasi miehen olkapäälle, kun sireeni soi. Hän sulki silmänsä, kun tuuli pyyhkäisi pölyä ja paperinpalasia. Koira haukkui kaukana.

Hän nosti päätään, kun he saapuivat Juliuksen ulko-ovelle. "Olemme perillä", hän sanoi, "mutta shhh, El ja Abe nukkuvat. Asuntoni on tuolla ylhäällä." Hän osoitti portaita ylöspäin. Kun he pääsivät ylös, hän kuorsasi äänekkäästi. Hän riisui hänen nipistävät sandaalinsa ja peitti hänet sitten sänkyyn.

Tyttö oli puoliunessa. "Minun täytyy käydä pissalla", hän sanoi.

Mies näytti hänelle, missä kylpyhuone oli, ja meni sitten keittokomeroon, jossa hän valmisti heille paahteisia juustovoileipiä ja kuumaa kaakaota.

"Missä sinä olet, Benji?" tyttö kysyi tullessaan kylpyhuoneesta.

"Täällä", Benjamin sanoi ja kantoi voileipiä ja kaakaota tarjottimella.

Syömisen jälkeen Katie haukotteli suurimman leveän haukotuksen ja asettui nukkumaan. Hän peitti Katien ja huomasi, että Katie oli jo sikeässä unessa.

Hän veti kengät ja sukat pois ja heitti peiton päälleen mukavalle tuolille. Hänkin nukahti hetkessä.

KAPPALE 11

BENJAMIN JA ABE

Aamulla, kun ensimmäinen valonpilkahdus kurkisti verhojen läpi, Benjamin heräsi. Hän venytteli ja unohti hetkeksi, miksi hän nukkui mukavassa tuolissa. Huopa vieri häneltä ja putosi lattialle muhkurana. Hän nousi seisomaan, ja vaikka hän oli nuori mies, hänen kehoaan särki. Hänen täytyisi nimetä tuoli uudelleen, sillä hän ei enää pitänyt sitä mukavana tuolina.

Hän ravisteli kipujaan, ja sitten hänen katseensa osui Katieen. Hän kuiskasi Katien nimen, vaikka tämä kuorsasi. Aivan kuin Katie olisi tiennyt, että hän ajatteli häntä, hän nosti kätensä. Hän ajatteli, että Katie varmaan uneksi koulusta. Katie mutisi jotakin kuulumatonta, laski kätensä alas, kääntyi ikkunaan päin ja nukkui taas.

Benjamin jätti tytön nukkumaan ja jätti oven raolleen, jotta hän voisi kuulla tytön, jos tämä heräisi.

Kun hän siirtyi kauemmas tytön ovesta, hän mietti, oliko tyttö sellainen lapsi - kuten hän oli ollut - joka pelästyi herätessään tuntemattomassa paikassa. Koska tyttö oli maininnut äitinsä jättäneen hänet usein muiden luokse - mutta palasi aina hakemaan häntä - hän oli varmuuden vuoksi mieluummin varovainen.

Kylpyhuoneessa hän siistiytyi ja laittoi sitten vedenkeittimen kiehumaan keittokomerossaan. Hän kaipasi kuumaa, makeaa teetä ja voilla voideltua paahtoleipää.

Odotellessaan hän ajatteli perheitä ja sitä, miten Katien kysymykset olivat herättäneet hänen mielessään joitakin ratkaisemattomia kysymyksiä.

Hänen vanhempansa olivat kuolleet, ja hän oli jäänyt orvoksi. Hän tajusi syyttäneensä heitä siitä, että he olivat jättäneet hänet, vaikka se ei ollut heidän oma syytään. Koska hänellä ei ollut muita verisukulaisia, hän joutui sijaisperheeseen. Hän oli sulkeutunut, suojellut itseään siinä järjestelmässä sen jälkeen, kun hän oli ensin ollut pahoinpitelykodissa.

Sen kokemuksen jälkeen hän oli muuttunut surevasta lapsesta kauhistuneeksi lapseksi. Sen sijaan, että hänet olisi siirretty turvalliseen kotiin, hänet siirrettiin vielä pahempaan. Ja sitten toiseen ja toiseen. Hän luuli silloin ansainneensa huonon onnen, mutta nyt hän tiesi, että häntä olisi pitänyt suojella siellä. Sen sijaan hänellä ei ollut ketään, johon luottaa, ja hän meni taistelu- tai pakotilaan. Koska hän oli liian pieni taistellakseen itsensä puolesta kaikkia aikuisia ja muita lapsia vastaan, hän teki jälkimmäistä. Ehkä siksi hän tunsi tarvetta syyttää vanhempiaan niin monen vuoden jälkeen, koska hänen oli pakko syyttää jotakuta muuta kuin itseään.

Kun hän oli paennut, he saivat hänet kiinni ja panivat hänet jälleen kotiin, jossa häntä pahoinpideltiin sekä fyysisesti että henkisesti. Joissakin tapauksissa hän piti fyysistä mieluummin kuin psyykkistä. Ja taas hän pakeni, koska ei enää koskaan luottanut kehenkään.

Sitten hän sattumalta törmäsi Eliin ja Abeen. He olivat iltakävelyllä kädestä pitäen. He olivat vanhoja, ehkä kaksi kertaa hänen vanhempiaan vanhempia vanhempia. Kun hän avasi heille sydämensä, El halasi häntä. El ruokki häntä. Abe kuunteli. El kutsui hänet tulemaan ja nukkumaan heidän varahuoneeseensa. Sen jälkeen hän ei koskaan poistunut heidän kodistaan, paitsi silloin, kun hän muutti varahuoneesta omaan asuntoonsa. Se tapahtui hänen kolmastoista syntymäpäivänään.

Kun hän sekoitti teetä ja lisäsi sokeria, hän ajatteli Katien äitiä. Oliko hän palannut? Olisiko hän yhä siellä, kun Katie heräisi? Hän toivoi, että hän olisi. Hän toivoi, että äiti olisi niin onnellinen, että hänen tyttärensä oli turvassa. Niin onnellinen ja niin helpottunut, ettei hän enää koskaan hylkäisi häntä. Mutta huonot vanhemmat olivat aina huonoja vanhempia. Leopardit eivät vaihtaneet pilkkua.

Hän kuvitteli Katien äidin löytävän nuken pusikkoon piilotettuna. Soittaisiko hän paniikissa poliisille? Hänen sormenjälkensä olisivat kaikkialla. Silti hän

hän ei muuttaisi mitään, vaikka voisi, koska hän halusi vain auttaa Katieta.

Hän piteli mukiaan ja käveli. Ehkä hänen olisi pitänyt viedä lapsi poliisiasemalle. Nyt hän saattoi joutua pulaan. Jopa silloin, kun teinit kertoivat totuuden, tulivat rehellisiksi - aikuiset eivät uskoneet heitä. Eivät, jos mukana oli toinen aikuinen.

Hän otti toisen kulauksen, kun joku koputti hänen asuntonsa oveen. Se oli herra Julius, Abe, hänen huoltajansa, vuokraisäntänsä ja pomonsa. "Tule mukaani, shhh", hän sanoi, kun Abe seurasi häntä portaita ylös asuntoonsa. Benjamin näytti Abelle vilauksen nukkuvasta Katiesta. Koska Abe oli potkaissut peitot pois, hän astui varpaillaan sisään ja laittoi ne takaisin hänen päälleen. Hiljaa he palasivat keittiöön.

"Kuka hän on?" Abe kysyi.

Benjamin epäröi miettien, mistä aloittaa. "Hänen nimensä on Katie, ja hänen äitinsä ei ole kerännyt hänen

eilen rantakadulta. En tiennyt, mitä muuta olisin voinut tehdä, joten toin hänet tänne."

Abe sanoi Benjaminille, että hänen olisi pitänyt viedä tyttö suoraan poliisiasemalle.

Benjamin pudisti päätään. "Hän oli liian väsynyt ja peloissaan." Hän nousi ylös, irrotti latautuvan puhelimensa pistorasiasta: "Voin soittaa heille nyt."

"Odota", Abe sanoi. "Mietitään asiaa nyt, kun hän on täällä." He siemailivat lisää teetä hiljaisuudessa. "Teit oikein. Olen ylpeä sinusta."

"Katie ja minä puhuimme eilen illalla siitä, että veisimme hänet piiriin. Päätimme odottaa ja antaa hänen äidilleen vielä yhden tilaisuuden tänä aamuna. Jätimme myös hänen nukkensa sinne. Se on elävänkokoinen, yksi niistä joulumaahantuoduista, joita myytte."

Abe hymyili. "Niinkö? En muista häntä, mutta ehkä El muistaa. Tosin emme varmasti ole ainoa liike, joka myy nukkeja."

"Totta", Benjamin sanoi. "Lisää teetä?"

Abe nyökkäsi sitten hetken hiljaisuuden jälkeen. "Kai jokainen vanhempi ansaitsee toisen mahdollisuuden, mutta jos hän ei ilmesty aamulla, soitan poliisille."

Benjamin lisäsi Aben kuppiin lisää teetä. Hän epäröi ja kuiskasi sitten. "Jos Katien äiti olisi ilmoittanut Katien kadonneeksi sen jälkeen, kun olin tuonut hänet tänne, he etsisivät minua. He saattaisivat jopa pidättää minut, jos menisin takaisin hakemaan nukkea."

"Hetkinen", Abe sanoi. "Näkikö kukaan sinua?"

"Eräs nainen, yritti saada Katien lähtemään mukaansa."

"Eikä kukaan muu?"

"Eräs konstaapeli jutteli naisen kanssa lyhyesti aiemmin päivällä, mutta hän ei tullut takaisin. Hän ei nähnyt minua hänen kanssaan."

"Ei kannata murehtia voisiko ja voisiko", Abe sanoi. "Et voinut jättää häntä sinne koko yöksi. Se on suoranaista laiminlyöntiä, puhumattakaan äidin tekemästä rikoksesta. Jos jätät lapsen huomiotta, olisit avunantaja." Hän siemaisi. "Vaikka teitte oikein, kyseisen lapsen sieppaaminen on myös rikos."

Benjamin nielaisi: "Minä, minä, toin hänet tänne, turvaan."

Abe taputti teinin kämmenselkää. "Tiedän, ja sinä tiedät sen, mutta uskooko poliisi tarinaasi?"

Benjamin veti kätensä pois seisomaan. Hän alkoi kävellä. "Kun hän herää, vien hänet suoraan sinne, minne hänen äitinsä jätti hänet. Selitän hänen äidilleen. Hän ymmärtää kyllä. Saan hänet ymmärtämään."

Myös Abe nousi seisomaan. Hän otti kupin ja huuhteli sen pois. "Se olisi rohkeaa. Mutta entä jos huolimaton äiti syyttää sinua siitä, että olet vienyt hänen tyttärensä hakemaan itseään

pois vaikeuksista? Tarkoitan, jos hän ilmoittaisi tytön kadonneeksi. Oletko miettinyt, mitä siinä tapauksessa tapahtuisi?"

Benjamin istuutui ja pani kätensä päänsä kummallekin puolelle. "Mitä minun sitten pitäisi tehdä?"

"Mene rantaan ja hae nukke. Jos äiti on siellä, niin se on erinomaista tuoda hänet takaisin tänne kanssasi. Jos ei, tule takaisin ja anna minun hoitaa asia ylikonstaapeli Millerin kanssa alhaalla piirissä. Muistatko Alex Millerin?"

"Kyllä. Kiitos, Abe."

"Sinä, kuka", El huusi alakerrasta.

"Tule katsomaan", Benjamin sanoi, "tule yläkertaan". Kun hän oli yläkerrassa, hän laittoi sormensa huulilleen: "Shhh." El nyökkäsi, ja he astelivat varpaillaan vierashuoneeseen, jossa Katie nukkui yhä sikeästi.

"Lapsi. Mitä ihmettä?"

"Älä huoli, kerron hänelle yksityiskohdat. Sillä välin", Abe sanoi, "mene sinä rantaan, kun lapsi nukkuu. Jos hänen äitinsä ei ole siellä, tule heti takaisin."

Benjamin nyökkäsi. "Kiitos, Abe ja El. Minä lähden."

Abe selitti vaimolleen kaiken. "Minua kiinnostaa tietää, onko äiti tehnyt tällaista aiemmin."

"Sitä minäkin mietin", El sanoi.

Sillä välin Benjamin juoksi rantaan, josta hän haki nuken. Hänen puhelimensa värähteli.

"Onko äidistä mitään merkkejä?" Abe lähetti tekstiviestin.

"Ei, mutta minulla on nukke. Tulen nyt takaisin."

Abe lähetti hänelle peukku ylös -emojin. Hän sanoi Elille: "Ei merkkiäkään lapsen äidistä ja minun täytyy valmistautua kaupan avaamiseen." Hän sanoi Elille: "Ei merkkiäkään lapsen äidistä ja minun täytyy valmistautua kaupan avaamiseen."

"Minä jään tänne hänen kanssaan", El sanoi. Hän istuutui tuoliin, kun Katie nukkui eteenpäin. Jonkin aikaa myöhemmin El meni siistiytymään valmistautuakseen työvuoroonsa.

KAPPALE 12

KATIE JA BENJAMIN

KATIE JA HÄNEN NUKKENSA olivat vierekkäin valtavassa maailmanpyörässä, joka pyöri ympäri. Kun se pääsi huipulle, se pysähtyi, ja heidän jalkansa roikkuivat reunan yli. Katie kiinnitti otteensa tangon ympärille. Hetken ajan hän tunsi olonsa turvalliseksi ja varmaksi. Kunnes tanko liukeni hänen sormenpäidensä välistä ja auto alkoi keinua. Takaisin ja eteenpäin, sitten sivulta toiselle. Kaukana tuuli ulvoi, sitten koira ulvoi. Nukke alkoi liukua. Hän kurottautui tarttumaan siihen, ja vaunut kaatuivat, ja he putosivat.

Hän huusi!

Siihen mennessä Benjamin oli palannut. Hän juoksi huoneeseen. "Herää Katie", hän sanoi. "Näet pahaa unta."

Tajuttuaan olevansa turvassa Katie heitti kätensä miehen ympärille ja piti kiinni elämästään. Kun hänen hengityksensä hidastui, hän haukotteli ja sanoi: "Minulla on nälkä!"

"Hyvä niin, sillä sinut on kutsuttu aamiaiselle Aben ja Elin kanssa, tule."

He poistuivat Benjaminin asunnosta ja astuivat sisään taloon. Keittiössä Benjamin tupsutti kahdeksan kananmunaa kattilaan, jossa oli kiehuvaa vettä. Hän pyysi Katieta miehittämään leivänpaahtimen, sillä he tarvitsisivat kahdeksan viipaletta.

"Rakastan paahtoleipäsotilaita!" Katie huudahti. Kun leivät oli paahdettu, Benjamin voiteli ne. Hän leikkasi sen suikaleiksi: ne olivat juuri sopivan kokoisia kastettavaksi juokseviin munankeltuaisiin.

"Mistä sinä uneksit?" Benjamin kysyi. "Joskus on parempi jakaa huono uni. Jos haluaa."

"En halua ajatella sitä", Katie sanoi asettuen istumaan keittiön pöydän ääreen.

Rouva Julius, El, tupsahti keittiöön. "Hei", hän sanoi ja säteili hymyn Katien suuntaan.

Katie työnsi tuolinsa taaksepäin, juoksi Elin luo ja heitti kätensä vieraan vyötärön ympärille. Halasi tiukasti, kuin he olisivat tavanneet ennenkin.

El taputti Katieta pitkään päähän, taisteli kyyneleitä vastaan ja hätisteli Katieta sitten pöytään.

Benjamin katsoi vierestä ymmärtäen, miltä Katiesta tuntui. Elillä oli sellaiset kasvot, sellaiset silmät, joista virtasi ystävällisyyttä, lempeyttä. Hän oli itsekin ihastunut häneen heti, ja nyt Katie teki samoin.

"No, minun on parasta viedä tämä kauppaan, jotta Abe voi syödä välipalaa", El sanoi. "Tiedät, miten paljon hän vihaa yksin työskentelyä kaupassa.

Lauantai on kiireisin päivämme. Tämä herkku on tervetullut yllätys."

Benjamin toi kananmunat munakupeissa pöytään.

El sulki oven takanaan mennessään ulos.

"Hän on mukava nainen, eikö olekin?"

Katie säteili sekä silmillään että hymyllään. "Kyllä, hän on ensimmäinen pikakaverini."

Benjamin pudisti päätään. "Pikakaveri - se on minulle uusi juttu." Hän kosketti yhden munan yläosaa, ne olivat vielä liian kuumia avattaviksi.

Katie veti syvään henkeä ja sulki sitten silmänsä. Hän avasi ne uudelleen. "Olenko loukannut tunteitasi? Koska me emme olleet heti ystäviä?"

Benjamin hymyili. "Et lainkaan." Hän avasi ensimmäisen munan. "Ihmettelin vain." Hän laittoi kananmunalle hieman voita ja suolaa, sitten hän halkaisi toisen ja teki samoin.

"En ole koskaan tavannut isoäitiäni. El, näytti siltä mummolta, joka oli päässäni - siksi hän on välitön ystävä."

"Siinä on järkeä."

El palasi ja he kolme kastoivat leipäsotilaitaan juokseviin kananmuniin.

"Olet todella erinomainen kokki", Katie sanoi.

Hän hymyili, kun he siivosivat ja laittoivat likaiset astiat astianpesukoneeseen. "Lähdetään liikkeelle. Muista, että meillä on tekemistä."

"Ja paikkoja nähtäväksi", Katie hihkaisi.

"Olen iloinen, että olet täällä", El sanoi.

✳✳✳

B ENJAMIN KAMPASI KATIEN HIUKSIA, joiden hän huomasi tuoksuvan hunajalta ja kanelilta.

"Äiti varmaan etsii minua. Voimmeko mennä etsimään häntä nyt rantakadulta?"

Hymyillen Benjamin lähti huoneesta ja kysyi: "Etkö ole unohtanut jotakuta?" Hän kysyi: "Etkö ole unohtanut jotakuta?" Hän palasi muutamaa sekuntia myöhemmin piilottaen jotain selkänsä taakse. "Voila!" hän huudahti paljastaessaan nuken Katille.

Katie heittäytyi sen kaulan ympärille, kujerteli ja kuiskasi, kuinka paljon hän oli kaivannut kaksoistaan. Benjamin oli ollut oikeassa, hänen nukkensa tuoksui jouluaamulta, ja se oli hyvä asia. Se, mikä ei ollut niin hyvä, oli se, että hän tunsi itsensä paikoin hieman märäksi. Hän veti kasvot.

"Ah, huomasitko, että hän on vähän kostea", Benjamin sanoi. "Tuo hänet tänne lähelle tuuletusaukkoa, niin hän on hetkessä aivan kunnossa."

Yhdessä he asettivat nuken lämmittimen lähelle, sitten Benjamin ehdotti. "Haluaisitko oppia pesemään hampaat sormella? Siis siihen asti, kunnes hankimme sinulle hammasharjan?"

Katie vinkui ja oli hauskaa oppia. Sen jälkeen Benjamin nauhoitti hänen sandaalinsa.

"Äitisi ei ollut paikalla, rannalla, kun hain nuken tänä aamuna."

Katien alahuuli meni ulos. Se tärisi.

Hän katsoi jalkojaan. "Älä huoli. Herra Juliuksella, siis Abella, on ystävä, joka on töissä poliisiasemalla."

"Voi ei", Katie sanoi.

"Mikä hätänä?"

"He saavat kyllä selville."

"Selvittävät mitä?"

"En voi kertoa, mutta en halua, että äiti joutuu vaikeuksiin."

"Älä huoli, Aben ystävä on mukava mies. Hän tietää, miten auttaa. Sillä välin sinä ja minä voimme hengailla tänään Elin kanssa."

Lapsi nyökkäsi.

"Hän saattaa jopa antaa sinun auttaa kaupassa kuin iso tyttö."

Katie hymyili. Hetkeksi hän oli harhautunut murheistaan.

KAPPALE 13

ABE JA SAARGENT MILLER

ABE PYYSI VAIMOAAN HUOLEHTIMAAN kaupasta ja oli jo matkalla jalan tapaamaan ystäväänsä asemalla ylikonstaapeli Alex Milleriä. Hän oli harkinnut uudelleen suunnitelmaa soittaa hänelle. Henkilökohtainen vierailu olisi parempi, koska he olivat pitkäaikaisia ystäviä.

Kun he tapasivat ensimmäisen kerran vuosia sitten, Alex oli nuori upseeri ja tulokas. Abe oli ollut töissä kaupassaan, kun kaksi aseistautunutta miestä ryntäsi sisään ja vei kassassa olleet rahat. Abe selvisi lievällä kolauksella päähän. Hän oli niin kiitollinen, että hänen vaimonsa oli mennyt sinä päivänä tukkukauppaan.

Otettuaan yhteyttä poliisiin, he lähettivät Alexin ja vanhemman konstaapelin mukaan. Vanhempi konstaapeli ehdotti, että Abe palkkaisi jonkun vahtimaan ovea. Hän sanoi, että

joko se tai kalliin turvajärjestelmän hankkiminen. Abella ei ollut varaa kumpaankaan vaihtoehtoon. He täyttivät raportin ja lähtivät, mutta Alex tuli takaisin.

Hän tarjoutui kuutamoksi - maksua vastaan. Nuorena konstaapelina he eivät lähettäneet hänelle paljon tunteja.

Abe suostui maksamaan Alexille kaksi tuntia päivässä, ja heistä tuli ystäviä. Muutaman kuukauden kuluttua työsuhteesta toiseen kauppaan, joka sijaitsi samalla kadulla kuin Aben liike, murtauduttiin. Alex otti molemmat rikolliset kiinni yksin. Myöhemmin Abe tunnisti heidät vastakkainasettelussa, ja roistot passitettiin vankilaan.

Sen jälkeen Alex alkoi edetä urallaan. Hän ja Abe pitivät kuitenkin yhteyttä, ja kun Alex meni naimisiin, hän ja El osallistuivat häihin. Kun he saivat ensimmäisen lapsensa, hänet ja El kutsuttiin ristiäisiin. Pienen tytön jälkeen kaksi poikakaksikkoa. Abe ja El osallistuivat vuosien mittaan joulu- ja kiitospäiville Millerin kotona.

Sitten, kun Benjamin tuli heidän elämäänsä ja Alex ylennettiin kersantiksi, he menettivät yhteydet.

perheasioissa, mutta he tapasivat silti silloin tällöin kahville.

Saapuessaan poliisiasemalle hän pyysi vastaanottotiskiltä tapaamista ylikonstaapeli Millerin kanssa, jonka sanottiin olevan poissa. Abe istui odotushuoneessa hetken aikaa, kunnes hän huomasi huoneen toisella puolella olevan mainostaulun, jossa oli kuvia lapsista. Kadonneet lapset.

Abe siirtyi katsomaan tarkemmin putsattuaan silmälasinsa. Yhdelläkään lapsista ei ollut pitkiä vaaleita hiuksia. Tyytyväisenä siihen, että

Katie-niminen lapsi ei ollut julisteessa olevien joukossa, hän istuutui takaisin.

Ylikonstaapeli Miller saapui paikalle, ja ystävät kättelivät. Miller ehdotti, että he lähtisivät pois asemalta kävelymatkan päässä olevaan kahvilaan. "Siellä meitä ei häiritä, ja tauko kelpaisi minullekin."

He istuivat kahvilan kopissa, ja Abe kysyi, miten kaikilla kotona meni.

"Siitä on aikaa, vanha ystävä, eikö olekin? He voivat hyvin, kiitos", Miller sanoi. Hän avasi puhelimensa ja näytti Abelle lyhyen videon kaksostensa lukion päättäjäisistä. "Henry haluaa lääkäriksi", Alex sanoi ylpeänä. "Jimmy haluaa lakimieheksi." Hän selasi lisää kuvia ja pysähtyi sitten. "Ja Jenny, miksi hän ja Will antoivat meille juuri ensimmäisen lapsenlapsen. Hän on melkoinen kaunotar." Hän jätti valokuvan auki Aben katseltavaksi ja palasi valmistamaan kahviaan lisäämällä kaksi kermaa ja makeutusainetta.

"Ah, hän on aika söpöliini. Onnittelut sinulle ja vaimollesi ensisynnyttäjien isovanhemmuudesta." Hän siemaisi kahviaan. "Niin, ja tohtori on arvostettu ammatti ja lakimieheksi ryhtyminen myös. Molemmat ovat turvallisempia uravaihtoehtoja kuin sinun alasi." Hän naurahti ja sekoitti sitten kahvikuppiaan.

"Niin varmasti", Alex oli samaa mieltä ottaessaan kulauksen. Vahva kahvi poltti hänen huuliaan, silti hän otti toisen kulauksen.

"Maailma muuttuu yhä vaarallisemmaksi", hän jatkoi, "ja toivon jääväni eläkkeelle joskus lähitulevaisuudessa. Sitä paitsi en halua huolehtia siitä, että poikani vaarantavat henkensä, kun voin vihdoin laittaa jalat leivälleen ja rentoutua."

Ystävykset siemailivat ja upottivat donitsinsa kahviinsa.

"Mikä tuo sinut tänne tapaamaan minua tänään?" Alex kysyi vilkaisten kelloaan. "Toivottavasti vaimosi ei aiheuta sinulle ongelmia."

Abe hymyili. "Ei." Hän epäröi. "Minulla on ystävä."

"Voi ei, ei sitä minulla on ystävä -kikkailua."

Abe jatkoi: "Minulla on ystävä", hän hymyili, "joka on vähän pulassa." Hän jatkoi.

"Kerro lisää."

"Hän löysi eilen illalla rannalta lapsen, joka istui yksin. Äitinsä hylkäämänä. Hän vei tytön turvaan."

"Ystäväsi on hyvä kansalainen", Alex sanoi. "Miten voin siis tässä skenaariossa auttaa?"

"Ystäväni miettii, voisiko hän joutua hieman kärsimään siitä, että sekaantui tilanteeseen. Hän on alaikäinen, ja lapsi oli liian traumatisoitunut tuodakseen hänet piiriin. Jos, ystäväni ilmoittautuisi nyt, joutuisiko hän vaikeuksiin, koska viivyttelee ilmoituksen tekemisellä?"

Alex pohti asiaa. "Kuinka hyvin tunnet tämän pojan?"

Abe istuutui pystyyn: "Muistatko Benjaminin?"

Alex joi kahvinsa loppuun. Tarjoilija palasi ja kysyi, halusivatko he mitään muuta. Kun he kieltäytyivät kaikista muista paitsi laskusta, hän tyhjensi mukit pois.

"Kyllä, muistan hänet. Mukava hyväkäytöksinen poika, joka arvostaa sitä, miten onnekas hän on, että hän on teidän perheenne jäsen."

"Hän on aina ollut meille kuin poika", Abe sanoi. "Ja perheestä ja lapsista puheen ollen, ihmettelin erästä asiaa."

"Minä kuuntelen."

"Näin taannoin ohjelman, Matlock, muistatko sen?"

"Kyllä, se on tosin vähän vanhentunut - varsinkin hänen valkoiset pukunsa." Miller nauroi.

"Niin, muistan kyllä, kun ne olivat suosittuja - valkoiset puvut ja spatukat. Kyllä, olen niin vanha."

Hän nauroi ja jatkoi sitten. "Ohjelmassa sanottiin, että henkilö ei voi ilmoittaa lastaan kadonneeksi kahteenkymmeneeneljään tuntiin. Se on amerikkalainen ohjelma, kuten tiedätte, mutta mietin, onko se sama täällä."

"Kanadassa lapsen voi ilmoittaa kadonneeksi milloin tahansa. Odotusaikaa ei ole."

"Ai, en tiennyt sitä", Abe sanoi. "Mielenkiintoista."

"Useimmat ihmiset luulevat, että se on kaksikymmentäneljä tuntia", Alex sanoi. "Tämän väärän tiedon voi lukea uusintojen ja valeuutisten ansioksi."

Abe nauroi. "Onko kukaan sitten ilmoittanut lasta kadonneeksi, tarkoitan täällä kaupungissa eilisen jälkeen?"

"Ei tietääkseni", Alex sanoi. "Voi olla, etten tiedä siitä vielä. Joskus asioita tihkuu asemalla." Hän kumartui lähemmäs. "Minun on saatava tietää - missä lapsi on nyt?"

"Benjamin esitteli hänet meille tänä aamuna. El on riehaantunut, kuten voitte kuvitella."

Ylikonstaapeli Miller nyökkäsi, kun hänen puhelimensa soi. Häntä tarvittiin takaisin asemalle.

Hän kysyi, oliko lasta, pientä tyttöä, ilmoitettu kadonneeksi viimeisen vuorokauden aikana, ei ketään. Hän katkaisi yhteyden. "Ei uusia ilmoituksia kadonneista lapsista."

"Vai niin", Abe sanoi. "Mitä meidän pitäisi tehdä nyt?"

Miller sanoi: "Jos tuotte tytön asemalle, me huolehdimme hänestä, kunnes lastensuojelu tulee paikalle."

"Hän on asettunut niin mukavasti meidän luoksemme."

"Kyllä, hänen jättämisensä teidän luoksenne juuri nyt saattaa olla paras vaihtoehto. Sillä aikaa kun me tutkimme asiaa. En haluaisi, että hänet lähetettäisiin sijaishuoltoon ennenaikaisesti. Varsinkin, jos kyseessä on ensimmäinen rikos."

"Pidämme hänet turvassa."

"Tiedän sen, mutta minun täytyy kysyä pomoltani. Minun mielestäni on luultavasti parasta jättää hänet sinne, missä hän on." Hän nousi seisomaan. "Haluatko kertoa minulle vielä jotain muuta, ennen kuin teen tiedusteluja?"

"Benjamin palasi tänään rantaan toivoen, että lapsen äiti olisi siellä - hän ei ollut."

"Hyvä, ettei hän palannut", Miller sanoi. "Tämä vaatii tutkimuksia. Nähdäksemme, onko hän uusintarikollinen." Hän tarkisti taas kellonajan. "Kuinka vanha lapsi on?"

"En tiedä varmasti, mutta arvaan, että seitsemän tai kahdeksan."

Miller poistui kahvilasta puhuen puhelimeensa ja palasi muutaman minuutin kuluttua. "Hän voi toistaiseksi jäädä luoksenne. Sillä välin pyydän konstaapeleitani pitämään silmällä rantakadulla vaeltelevaa naista. Tiedättekö, miltä hän näyttää?"

"Ei, teidän on puhuttava Benjaminin kanssa. Tai voin kysyä häneltä puolestasi ja kertoa sinulle?"

"Toki. Ota selvää ja lähetä tekstiviesti minulle." Hän ojensi kätensä, ja se otettiin lämpimästi vastaan.

"Kiitos", Abe sanoi.

Miller lisäsi: "Tapahtui mitä tahansa, älä luovuta lasta. Jos nainen ilmestyy paikalle, viivyttele häntä ja soita minulle. Milloin tahansa kaksikymmentäneljä-seitsemän. Haluan puhua hänen kanssaan - antaa hänelle selityksen. Haluan myös varmistaa, että hän on laillinen ja ymmärtää tekemänsä virheet. Tarvittaessa otan sosiaaliviranomaiset mukaan."

Abe sanoi lähettävänsä tekstiviestillä naisen tuntomerkit niin pian kuin mahdollista.

"Hyvä mies", ylikonstaapeli Miller sanoi, kun he erosivat kahvilan ulkopuolella.

Sen sijaan, että Abe olisi mennyt suoraan kotiin, hän lähti Waterfrontille. Hän istuutui penkille ja kuunteli lokkeja ja aaltoja. Kun hän ei ollut nähnyt ketään kolmenkymmenen minuutin kuluttua, hän palasi kauppaan, josta hänen vaimonsa tuli tervehtimään häntä.

"Kuin kultaa", El sanoi suudellessaan miestään ensin vasemmalle ja sitten oikealle poskelle.

Hän huomasi, että hänen vaimonsa askel oli kevyempi ja posket punoittivat. Se muistutti häntä niistä päivistä, jolloin he seurustelivat ensimmäistä kertaa.

***

K UN ABE OLI KERTONUT Elille tapaamisestaan kersantti Millerin kanssa, hän kysyi lapsilta, mitä he katsoivat televisiosta.

"Paavo Pesusieni", Katie sanoi. "Hän on hauska."

"Voitte kertoa Benjaminille myöhemmin, mitä tapahtui, jos se sopii? Haluaisin puhua hänen kanssaan ulkona hetken tai pari."

Katie nyökkäsi.

"Saitko selville mitään, alhaalla asemalla?" Benjamin tiedusteli suljettuaan oven takanaan.

"Kerron kohta, mutta nyt ylikonstaapeli Miller haluaa, että välitän hänelle tekstiviestillä kuvauksen Katien äidistä." Hän ojensi Benjaminille puhelimensa. "Mene sinä ja kirjoita tiedot. Olet nopeampi kirjoittaja."

Benjamin napsautti sisään: Hei ylikonstaapeli Miller. Täällä Benjamin. Katien äidillä oli yllään tumma hihaton mekko, punainen huivi ja korkeakorkoiset kengät. Hänen hiuksensa olivat tummat, melkein mustat, ja hänellä oli tummat aurinkolasit eilen, kun aurinko paistoi."

"Korkeus?" Miller vastasi.

"Noin 180 senttiä - ilman korkokenkiä."

"Kiitos. S.A.M."

Benjamin palautti peukku ylös -emojin. "Kerro, mitä sait selville Katiesta."

"Aluksi otin asian esille hypoteettisena. Juttelimme, ja sitten kerroin hänelle yksityiskohdat."

"Okei, reilua."

"Voin vahvistaa", Abe sanoi, "häntä ei ole vielä ilmoitettu kadonneeksi."

"Hänen äidilleen on täytynyt tapahtua jotain. Toivottavasti hän on kunnossa."

"Ylikonstaapeli Miller, Alex, sanoi, että teit oikein, kun toit hänet tänne. Hänen konstaapelinsa pitävät silmällä äitiä. Jos hän ilmestyy, he tuovat hänet kuulusteltavaksi. Jos Katiesta tulee uutisia, he ilmoittavat meille."

"Kiitos vielä kerran, Abe."

"Koska on lauantai, eikä Katien tarvitse mennä kouluun, se on hyvä asia. Toivottavasti asia on selvitetty ennen maanantaita, ja hän pääsee takaisin luokkaan kuin mitään ei olisi tapahtunut."

"Niin", Benjamin sanoi ja ajatteli jo sitä, miten paljon hänellä olisi Katieta ikävä, kun Katie olisi poissa.

El tuli käytävään ja kolmikko kuiskasi yhteen.

"Me, Abe ja minä, olemme sitä mieltä, että hän viihtyisi paremmin vierashuoneessa."

Benjamin näytti pettyneeltä ja hänen katseensa painui lattialle.

El kosketti häntä käsivarteen. "Voin vahtia häntä, kun te kaksi huolehditte kaupasta. Voimme tehdä tyttöjuttuja."

Abe puuttui asiaan: "Sinäkin tarvitset unta, Benjamin, ja tuo vanha tuoli ei sovi nukkumiseen."

"Meidän on ollut tarkoitus vaihtaa tuo vanha kapine jo vuosia."

"Se on tehtävälistallani", Abe sanoi. "Pääsen vielä joskus verhoilemaan sen uudelleen."

"Parempi heittää se roskikseen tai käyttää polttopuiksi. Minun on ollut tarkoitus kunnostaa huonetta hieman. Nuo kirjahyllytkin kaipaavat uusimista."

"Lisään sen listalle."

El suuteli häntä otsalle. "Olisi kiva tehdä huoneesta tyttömäisempi."

"Hän on täällä vain lyhyen aikaa."

"Tiedän, tiedän. Mutta se saa minut ajattelemaan pikkusiskoani Sammya. Samantha. Siitä, mitä pahoja asioita teimme yhdessä." Hän vilkaisi miestään. "Olen aina halunnut oman pikkutytön - tämä on toiseksi parasta. Vaikka se olisi vain hetken aikaa."

Abe laittoi kätensä hänen ympärilleen. "Ymmärrän, että te kaksi haluatte leikkiä yhdessä."

El suuteli häntä poskelle, ja he kolme menivät ryhmähaliin.

Kun he erosivat toisistaan, Abe kysyi: "Tietääkö Katie osoitteensa?"

"Hän tietää sen, ja tarkistimme sen eilen illalla. Kukaan ei ollut kotona, eikä hänellä ole avainta. Se on Ontario Streetillä, numero 74."

Abe kutsui puhelimellaan Google Mapsin ja laittoi osoitteen sisään suunnitelmana mennä talolle. Kun hän oli itse katsonut paikan, hän kertoisi osoitteen ystävälleen, ylikonstaapeli Millerille. "Lapsi tarvitsee tavaroita", Abe sanoi ja antoi luottokorttinsa Benjaminille. "Osta rennot vaatteet, pyjama, kunnon kengät, sukat ja alusvaatteet. Ja hammasharja."

Benjamin siivosi keittiötä sillä välin, kun Abe jutteli poliisiasemalla käydessään. "Niin, ja vielä yksi asia: jos Katie näkee äitinsä tai päinvastoin, häntä ei saa palauttaa hänelle. He haluavat puhua ensin naisen kanssa asemalla."

Katie tuli keittiöön: "Onko äitini pulassa?" Katie kysyi.

"Ei, ei kulta", Benjamin sanoi. "Poliisi haluaa vain varmistaa, että hän on kunnossa, siinä kaikki." Hän pörrötti Katien hiuksia. "Pese nyt kasvosi ja harjaa hiuksesi." Hän meni kylpyhuoneeseen ja sulki oven.

"Entä jos hänen äitinsä aiheuttaa kohtauksen? Tarkoitan, jos hän näkee minut, vieraan ihmisen tyttärensä kanssa?"

Abe kuiskasi: "Hän hylkäsi oman tyttärensä. Kuka tahansa olisi voinut ottaa hänet, joten tuskin hän aiheuttaa kohtausta." Hän tarkisti, ettei Katie ollut tullut ulos. "Sitä paitsi naisparka ei ehkä ole aivan järjissään. Jos hän näkee lapsen, soita poliisille ja pysy paikallasi. Kysy ylikonstaapeli Milleriä. Hän muistaa sinut ja huolehtii siitä."

Benjamin istui alas ja pysyi hiljaa.

"Olemme näköjään huolestuttaneet sinua", Abe sanoi. "Lapsi tietää, mistä hän pitää ja mitä hän tarvitsee, ja henkilökunta auttaa sinua."

Benjamin katsoi jalkojaan, hän ei tiennyt mitään vaatteiden ostamisesta pikkutytölle.

El sanoi: "Haluaisitko, että tulen mukaasi?" Hän katsoi miestään. "Jos se sopii sinulle? Kello on kolmen jälkeen, joten ei tule taaskaan hirveästi ruuhkaa."

Benjamin nyökkäsi. "Ole kiltti, Abe."

Katie matki Benjaminin sanoja. "Ole kiltti, Abe."

Kykenemättä vastustamaan, Abe nyökkäsi.

"Menemme ostoksille, sinun vuoksesi", Benjamin sanoi. "Sinä, El ja minä."

Katie vinkui ihastuksesta.

KAPPALE 14

SHOPPAILUPÄIVÄ

E NNEN PITKÄÄ KATIE SAI kaiken listalla olevan.

"Mennään nyt syömään jotain", El ehdotti.

He menivät pääkadun varrella sijaitsevaan kahvilaan. Katie tilasi mansikkapirtelön, El pyysi vahvaa teetä ja Benjamin kokista jäillä.

Katie siemaili pirtelöään. "Haluatko kysyä minulta jotain, El?"

El nyökkäsi. "Mistä sinä tunsit tuon lapsen?"

"Ei haittaa, jos kysyt minulta. Ei minua haittaa."

El epäröi ja kysyi sitten: "Mikä on lempivärisi?"

Katie nauroi, ei selvästikään odottanut kysymystä. "Minulla ei ole yhtä lempiväriä. Miksi valita yksi, kun niitä on niin monta?"

El hymyili. Se ei ollut vastaus, jota hän odotti.

"Minulla on kysymys", Benjamin kysyi. Hän epäröi, kun sekä El että Katie odottivat. "Kuka osti nuken sinulle? Oliko se äitisi?"

Katie siemaisi lisää pirtelöä pillinsä läpi. "Hän osti", hän sanoi.

El kumartui lähemmäs: "Isäsi?"

"Ei, äitini ystävä Mark. Se oli lahja. Hän tuo minulle aina lahjoja."

"Jouluksi? Tai syntymäpäivänäsi?" Benjamin kysyi.

"Ei, ei mitään lahjoja. Hän vain ilmestyy paikalle ja tuo minulle jotain."

"Ai", Benjamin sanoi vilkaisten Eliä. "No, millainen on sinun pirtelösi?"

"Se maistuu taivaalliselta", Katie sanoi ja laittoi sitten sormensa huulilleen.

"Mikä hätänä?" El kysyi.

"Ajattelen vain..."

"Mitä?" Benjamin tiedusteli. "Sinun ei tarvitse kertoa meille, jos et halua."

Katie mietti asiaa ja sanoi sitten: "Jos äitini olisi täällä, hän ottaisi karamellimaitopirtelön. Me siemaisimme hitaasti. Me hörppisimme aina hitaasti. Minä unohdin ja hörppäsin nopeasti, ja nyt kaikki on mennyt." Hän murjotti.

"Haluaisitko toisen?" Benjamin kysyi.

"Saanko?"

"Saat." Hän kutsui tarjoilijan paikalle.

Kun tämä saapui, Katie sanoi: "Odota, en tarvitse toista."

"Miksei?" El tiedusteli.

"Se on yksinkertaista. Nyt kun voin ottaa toisen, tämä riittää."

Benjamin ja El katsoivat toisiaan ja sitten takaisin Katieen.

"Olet ainutlaatuinen, lapsi", El sanoi.

"Niin äiti aina sanoo."

Hän maksoi laskun, ja he menivät kadulle.

"Saanko pitää uudet kenkäni, kiitos?"

"Totta kai voit", El sanoi ottaessaan Katien sandaalit pois.

Katie väänsi varpaitaan juoksulenkkien sisällä ja pomppi sitten jalkakäytävää pitkin. El ja Benjamin yrittivät pysyä hänen perässään.

KAPPALE 15

KOTI TAAS

HE PALASIVAT KOTIIN JA löysivät Aben istumasta keinutuolissa. Hänen hartiansa olivat lyyhistyneet ja kädet ristissä sylissä.

El meni hänen luokseen ja suuteli häntä otsalle. "Menen laskemaan Katien kylvyn. Se auttaa häntä nukkumaan kaiken tämän jännityksen jälkeen."

"Hyvä ajatus, kulta", Abe sanoi. Sitten Benjaminille: "Miten shoppailu sujui?"

"Se oli hauskaa - Katie on täynnä energiaa. Jopa minulla oli vaikeuksia pysyä hänen perässään."

Abe hymyili. "Anteeksi, että jäin paitsi." Hän hiljensi ääntään. "Minulla on lisää tietoa. Jaan mieluummin sinun ja Elin kanssa samaan aikaan. Kun pikkuinen nukkuu."

Benjamin haukotteli.

Abe sanoi: "Mene sinä ylös ja nuku vähän. Jutellaan tunnin päästä, jooko?"

"Kuulostaa hyvältä suunnitelmalta. Kiitos." Hän meni portaita ylös.

✳✳✳

Kun Katie oli nukahtanut, he kokoontuivat olohuoneeseen. El valmisti muutaman voileivän. Abe oli erityisen nälkäinen. Hän ei ollut syönyt sitten aamiaisen.

"Hän nukahti heti", El mainitsi. "Ja hän näytti kauniilta uudessa prinsessayöpaidassaan."

"Meillä oli tänään ihana päivä, kiitos paljon avusta, El."

"Ilo oli minun puolellani."

Abe pureskeli voileipänsä loppuun, pyyhki suunsa ja otti kulauksen vettä. "Minulla on uutisia. Se ei ole helppo tarina kerrottavaksi. Älkää keskeyttäkö tai kyselkö, ennen kuin olen lopettanut."

Sekä El että Benjamin siirtyivät lähemmäs ja suostuivat.

"Kun olin sulkenut liikkeen viideltä, menin Katien kotiin. En ollut suunnitellut meneväni sinne ennen huomista, mutta jokin sai minut haluamaan mennä tänään, ja niinpä menin." Hän piti tauon.

Jatka vain, Benjamin ajatteli, mutta hän tiesi, että sen sanominen olisi ollut epäkohteliasta.

"Koputin ulko-oveen, kukaan ei vastannut, mutta verhot olivat auki. Pysähdyin ja kuuntelin ääniä sisältä, ei mitään. Kiersin talon sivua ja menin talon taakse. Siellä ei ollut merkkejä siitä, että siellä asuisi lapsi, ei leluja, pyöriä, keinuja tai palloja. Pyykkejä ei roikkunut narussa.

"Tilasin taksin, ja kuljettaja odotti minua kadun reunalla. Menin viereiseen oveen ja koputin. Mies vastasi ja kertoi, että naapurissa asuu joku, pieni tyttö ja nainen, muuta hän ei tiennyt. Sitten hän paiskasi oven naamalleni.

"Oheisnäkökentässäni näin, että kadun toisella puolella liikkui verho. Poikkesin sinne ja koputin. Nainen vastasi ja kutsui minut sisään juomaan.

Hän näki taksin odottavan ja käski tämän häipyä. Hän sanoi ottavansa yhteyttä toiseen, kun olen valmis lähtemään. Suostuin, koska tunsin, että hänellä saattaisi olla tietoa lapsen äidistä. Hän oli kiireinen, siitä ei ollut epäilystäkään. Normaalisti välttelisin häntä, mutta tässä tapauksessa tiedot lapsen hyvinvoinnin kannalta olivat avainasemassa, joten jäin.

"Hänen kotinsa oli siisti ja järjestyksessä. En ollut missään vaarassa, ja ainoa ääni hänen talossaan oli isoisäkellon lakkaamaton tikitys. Istuimme alas, jaoimme pannullisen teetä.

"Kun kysyin lapsesta, hän kertoi, että vastapäisessä talossa oli aina jotain meneillään. Huutoa. Miesten pyörivä ovi ja autot parkkeerasivat pihatielle, ja toisinaan niitä levisi kadulle. Hän arveli, että ne olivat naimisissa olevia miehiä. Niin, ja hän sanoi myös, että viimeisimmällä hienolla miehellä oli iso auto ja kuljettaja. Katien äiti oli kadun puheenaihe."

El laittoi kätensä suulleen: "Pikku pikku pikku raukka."

Benjamin vaihtoi puheenaihetta. "Saitko selville mitään Katiesta?"

Abe huokaisi. "Hiljainen ja hyvin käyttäytyvä", naapuri Judy Smith selitti. "Hän sanoi huomanneensa sekä äidin että tyttären eilen aamulla. Se pisti silmään, koska oli koulupäivä ja lapsi kantoi mukanaan elämänkokoista nukkea. Hän ei kuitenkaan nähnyt heidän palaavan kotiin.

"Kun hän kyllästyi puhumaan kanssani, hän meni talonsa ulko-ovelle ja vihelteli kadulle. Hänen poikansa, taksinkuljettaja, pysähtyi eteen. Hän työnsi minut etuovesta ulos, autoon ja annoin miehelle väärän osoitteen. En halunnut heidän tietävän osoitettani. He vaikuttivat omalaatuisilta."

"Tarkoitatko hulluja?"

Abe nyökkäsi, kaatoi sitten itselleen kupin teetä ja tarjosi kupin Elille ja Benjaminille.

"Voitte nyt esittää kysymyksiä", hän sanoi.

∗∗∗

Kului minuutteja, ehkä viisitoista minuuttia tai enemmän, ennen kuin El rikkoi hiljaisuuden. "Tuo pikku pikku raukka. Millaista hänen elämänsä on täytynyt olla, kun miehet tulevat ja menevät kaikkina vuorokauden aikoina." Hän pidätti nyyhkytyksen, joka kumpusi syvältä hänen äidillisestä sisimmästään. "Ei elämää kenellekään lapselle - ja tässä olemme me. Sinä ja minä, jotka emme voisi koskaan saada omaa lasta."

"No niin, no niin", Abe sanoi taputtaen vaimonsa käsivartta. "Aivan minun mielipiteeni. Tässä maailmassa ei ole oikeutta. Ei mitään järkeä. Ja silti, keitä me olemme tuomitsemaan?"

"Tiedän vain", Benjamin puuttui asiaan, "että Katie rakastaa äitiään".

"Jopa hyväksikäytetty lapsi rakastaa äitiään", El sanoi.

"Hylkääminen on todiste", Abe sanoi.

"Ehkä sille ei olisi voinut mitään. Emme tiedä, mitä tapahtui", Benjamin sanoi.

"Se on totta. Olen pahoillani, että tuomitsin niin nopeasti. Mitä nyt sitten tapahtuu?" El kysyi.

"Me odotamme", Abe sanoi. "Ja kysymme kysymyksiä, järkyttämättä pikku-Katieta. Otamme selvää, mitä voimme. Sillä välin ylikonstaapeli Miller saa asiat liikkeelle omalta osaltaan. Annoin Katien osoitteen eteenpäin; Benjamin antoi hänelle kuvauksen Katien äidistä. He tarkistavat sairaalat, ruumishuoneen ja rantakadun."

"Ruumishuone", El sanoi. "En halua ajatella, että se pikkuinen on aivan yksin maailmassa."

"Tiedän, tiedän", Abe sanoi. Hän vaihtoi puheenaihetta. "Niin, ja ennen kuin unohdan." Hän kurkotti taskuunsa ja veti esiin kirjekuoren, jonka hän laittoi pöydälle. "Tämä oli Katien talon postilaatikossa."

"Abe, toisen postin varastaminen on rikos!" "Se on rikos!" El huudahti. Tämä purkaus ei riittänyt estämään häntä kääntämästä kirjekuorta niin, että sekä hän että Benjamin saattoivat lukea sen.

"Olen täysin tietoinen siitä", Abe vahvisti. "Mutta nyt tiedämme, että hänen äitinsä nimi on Jennifer Walker."

Benjamin haukotteli ja nousi seisomaan ja suuteli sitten Eliä poskelle. "Katie ei ole nyt yksin. Hän on täällä kanssamme." Hän toivotti hyvää yötä. "Kiitos kaikesta avusta." Abe läpsäytti häntä selkään kuin isä poikaansa.

Yläkerrassa hän vaihtoi pyjaman päälle ja pudottautui sänkyynsä. Hän oli liian väsynyt vetääkseen peittoa alas ja käpertyi sen sijaan pussilakanaan.

***

ENJAMIN SEISOI KORKEAN RAKENNUKSEN katon reunalla eikä voinut katsoa alaspäin, ja hänen varpaansa olivat jo viivan yläpuolella. Oli yö, ja tähdet olivat rakoja, kuin silmät taivaalla, jotka katselivat häntä, halusivat häntä eteenpäin. Hyppää, ne tuntuivat sanovan. Hyppää vain.

Hän horjui ja horjahti. Eteenpäin oli yhtä helppoa mennä kuin taaksepäin, ja hän oli aivan yksin. Aivan yksin maailmassa, eikä kukaan huolehtinut hänestä. Kukaan ei huolehtinut hänestä. Kukaan ei välittänyt, eläköön vai kuolko hän.

Hän oli lukenut monia kirjoja sankareista. Nuorista pojista, jotka olivat hänen laillaan menettäneet vanhempansa ja tehneet ihmeellisiä asioita elämässään. Tietenkin sellaiset hahmot olivat fiktiivisiä.

Hetkinen! Minä olen hyvä ihminen. Autan ihmisiä. Ajattelen muita ennen itseäni. En valehtele, varasta tai satuta muita, ja pidän aina, melkein aina, lupaukseni.

Miksi melkein aina? kysyi ääni korkealla hänen yläpuolellaan.

Hän ei vastannut - sen sijaan hän kaatui reunan yli - ja heräsi lattialla sänkynsä vieressä. Hänen vaatteensa olivat hikiset - mutta hän oli turvassa. Turvassa ja kunnossa. Vaikka kello oli neljä aamulla, hän ei ollut menossa takaisin nukkumaan. Hän asettui pelaamaan pelejä puhelimellaan. Hänen huoneensa alapuolella hän kuuli jonkun kävelevän edestakaisin. Luultavasti Abe. Hän laittoi kuulokkeet päähänsä. Kun muutama ystävä liittyi mukaan, hän uppoutui täysin moninpeliin. Hän pelasi, kunnes aurinko nousi horisontissa, ja meni sitten takaisin nukkumaan.

KAPPALE 16

ABE JA EL

ABE EI SAANUT UNTA. "Oletko hereillä?"

"Nyt olen."

"Minulla on vähän nälkä, entä sinulla?"

"Nyt kun olen hereillä, niin olen minäkin. Tule, laitan jotain. Mitä sinä kaipaat?"

Kun he kiemurtelivat käytävää pitkin, he katsoivat Katiea.

"Hän on niin pieni enkeli."

"Niin on." Nyt keittiössä Abe sanoi: "Paahdettu juustovoileipä sopisi minulle hyvin."

"Okei, laita sinä kattila päälle, niin minä laitan grillin päälle."

Kun ruoka oli valmista ja tee haudutettu kattilassa, he istuivat alas ja söivät voileipänsä.

"Tuo oli todella hyvää, kiitos."

"Lohturuoka maistuu aina." Hän työnsi tuolinsa taaksepäin.

"Ei, istu hetki. Haluan puhua kanssasi."

"Kuppi teetä?" Abe nyökkäsi, ja hän täytti heidän kupit. "Mikä sinua vaivaa? Tiedän, että jokin vaivaa."

"Muistatko, kun puhuimme Benjaminin adoptoimisesta?"

"Niin, mutta koska hän oli jo viisitoista, päätimme olla jatkamatta." "Niin, mutta koska hän oli jo viisitoista, päätimme olla jatkamatta."

"Silti ajattelen koko ajan, että jos adoptoisimme hänet, niin jos minulle tapahtuisi jotain - hän olisi perhe ja voisi auttaa sinua kaupassa. Ottaa tarvittaessa ohjat käsiinsä. Samoin jos sinulle tapahtuisi jotain - hän olisi minulle merkittävä apu."

El sekoitti teensä. "Haluaako hän tulla adoptoiduksi? Hän ei tarvitse meitä niin kuin ennen, kun hän tuli tänne asumaan kanssamme. Hän on itsenäinen nuori mies. En haluaisi kahlita häntä meihin."

Abe korotti ääntään. "Kahlita hänet meihin? Niinkö sinä luulet? MINÄ, MINÄ."

"Rauhoitu, kulta. Parin vuoden päästä se on tarpeeksi vanha lentääkseen pois omin avuin - ja sillä on täysi oikeus lähteä. Mikä se sanonta olikaan, että jos rakastat jotakuta, päästä hänet vapaaksi, ja jos hän palaa, hän on sinun"."

"Ja jos eivät palaa, he eivät koskaan olleetkaan. En muista, kuka sen sanoi."

"Ehkä Kipling, tai joku hänen kaltaisensa viisas ihminen. En sano, että hän ei koskaan palaisi; luulen, että palaisi. Hän rakastaa kaupassa työskentelyä."

"Niin, ja jonain päivänä hän voisi omistaa liikkeen - johtaa liikettä. Jatkaisi perintöämme."

"Jos hän haluaa."

"Tietenkin."

"Mitä sinä haluaisit tehdä? Mikä helpottaisi mieltäsi?"

"Haluaisin puhua lakimiehemme Travisin kanssa ja kysyä häneltä neuvoa."

"Eikö meidän pitäisi puhua asiasta ensin Benjaminin kanssa?"

"Jos tekisimme niin ja muuttaisimme mielemme juridisen neuvon jälkeen - sillä voisi olla seurauksia. Tarkistan mieluummin ensin, sitten voimme päättää. Jos päätämme edetä tällä kertaa, voimme puhua hänen kanssaan ja katsoa, mitä mieltä hän on."

El haukotteli. "Ai, anteeksi." Hän otti miehensä käden omaansa. "Kuulostaa siltä, että meillä on suunnitelma. Mennään nyt takaisin sänkyyn, tuo pikkuinen herää pian ja haluaa aamiaista."

KAPPALE 17

MINULLA ON IKÄVÄ...

ABE JA EL NUKAHTIVAT vihdoin, kun Katie päästi huudon käytävällä.

El oli hänen vierellään sekunneissa, melkein kuin hän olisi odottanut sitä. Heti kun Katie näki hänet, hän heitti kätensä hänen kaulansa ympärille.

Abe saapui pian sen jälkeen. "Mikä nyt on hätänä, pikkuinen?"

"Minulla on ikävä..." Katie sanoi vain ennen kuin painoi kasvonsa Elin rintaan.

Benjamin kompuroi huoneeseen. "Mikä hätänä??"

Katie pysyi paikoillaan, kun he vaihtoivat hiljaisia kuiskauksia.

"Hän kaipaa äitiään", El sanoi. Katie käpertyi lähemmäs. "Menkää te kaksi takaisin sänkyihinne, ja minä jään tänne pikkuisen kanssa." Sitten Katielle: "Haluaisitko sinä sitä nyt, vai mitä? Jos jäisin tänne?" Hän kuiskasi jotain Elille. "Vai niin", hän sanoi. "Oletko varma?" Katie nyökkäsi. "Hän haluaisi, että sinäkin jäät, Benjamin. Ota huopa ulkoa ja heitä se päällesi tuonne tuolille." Benjamin noudatti hänen ohjeitaan.

"No, hyvää yötä sitten", Abe sanoi, kun hän sulki oven ja palasi tyytyväisenä oman sänkynsä mukavuuteen.

KAPPALE 18

SUNNUNTAI, SUNNUNTAI

SUNNUNTAIAAMUT OLIVAT JULIUSTEN PERHEESSÄ erityisiä. Koska kauppa avattiin vasta puoliltapäivin, perhe valmisti aina suuren aamiaisen ja jakoi sen yhdessä.

"Tänään on vohveleita", El ilmoitti, otti vohveliraudan esiin ja kytki sen pistorasiaan. Hän meni eteenpäin ja valmisti taikinaa, kunnes grilli oli valmis.

Sillä välin muut kattoivat pöydän. Mausteita, kuten: siirappeja, hedelmiä, voita ja kermavaahtoa tölkissä, aseteltiin pöydälle.

"Vohvelit tuoksuvat niin hyvältä", Katie sanoi, kun El asetti valmiit vohvelit pöydän keskelle.

"Kiitos rakas", El sanoi. "Unohdimmeko mitään, ennen kuin istun alas?" Kukaan ei keksinyt mitään, joten El istuutui pöydän toiseen päähän, kun hänen miehensä istui toisessa päässä.

"Kiitos gourmet-ruoasta", Abe sanoi, mikä oli hänen versionsa ruokarukouksesta. "Nyt, syömään!" Ja niin he tekivätkin.

Katie istui ja tarkkaili muita, sillä hän ei ollut koskaan syönyt vohveleita.

"Mitä sinä odotat, kulta?"

"Katselen, koska ainoa vohveli, jota olen koskaan syönyt, oli jäätelötötterö."

"Tuo on fiksu idea", Benjamin sanoi. Hän meni pakastimelle ja otti sieltä esiin säiliön neapoliittista jäätelöä. Sitten hän nappasi jäätelölusikan laatikosta ja toi ne pöytään.

El auttoi Katieta laittamaan vohvelin päälle hedelmiä, muun muassa mustikoita ja mansikoita. Hän lisäsi muutaman omenaviipaleen. "Se näyttää kauniilta", lapsi sanoi.

"Kokeile nyt sinä", Benjamin sanoi.

Katie lisäsi kauhallisen jäätelöä ja suklaakastiketta.

"Voi, keksin juuri jotain muuta", El sanoi ja työnsi tuolinsa taaksepäin. Hän kääntyi Katien puoleen: "Ethän ole allerginen pähkinöille?" Hän kysyi: "Oletko allerginen pähkinöille?"

"En. Koulussani pari lasta on, joten meidän on oltava varovaisia, mutta en ole allerginen millekään."

"En minäkään", Benjamin sanoi kauhoessaan murskattuja saksanpähkinöitä vohvelinsa päälle. Sitten hän lisäsi kermavaahtoa - vaikka hänellä oli Katien tavoin jo jäätelöä vohvelinsa päällä.

"Saanko minäkin kermavaahtoa?"

Benjamin ruiskutti kermaa Katien vohvelin päälle. "Se näyttää nyt liian hyvältä syötäväksi", hän sanoi, ja kaikki nauroivat. Hänen kasvonsa syttyivät: "MMMMM", hän sanoi. "MMMMM."

Kun jokainen oli syönyt tarpeekseen, El keitti kahvia.

"Olen liian täynnä liikkumaan", Benjamin sanoi.

"Niin minäkin", Katie sanoi ja taputti vatsaansa.

Abe katsoi kelloaan, kaupan avautumiseen oli vielä aikaa. "Ai, minun piti kysyä sinulta Katie, mikä on koulusi nimi?"

"Käyn St. Mary's Elementaryä", Katie sanoi.

Abe kirjoitti osoitteen Googleen.

"Pidätkö koulusta?" Benjamin kysyi.

"Se on ihan hyvä.

"Soitamme huomenna koulullesi", El sanoi, "ja ilmoitamme, että olet poissa muutaman päivän." "Hyvä."

"Tarkoitatteko, ettei minun tarvitse mennä?" "Ei. Haluamme pitää sinut täällä toistaiseksi."

"Kunnes äitini palaa?"

"Kyllä, siihen asti", Abe sanoi.

"Jäätkö usein pois koulusta?" El tiedusteli.

"Vain jos olen sairas tai jos äiti voi huonosti, koska hän ei anna minun kävellä yksin."

"Onko äitisi usein sairas?" Abe kysyi miettien väitteitä alkoholista ja huumeista.

Katie alkoi itkeä.

"Kysymykset riittävät toistaiseksi", El sanoi. Hän otti Katien käden omaansa. "Pestään kermavaahto ja suklaakastike pois kasvoiltasi ja puetaan sinut uuteen asuusi. Tule nyt mukaan."

Katie seurasi ja sanoi suljettujen ovien takana: "Äiti ei halua olla sairas."

"Ei tietenkään, lapsi", El sanoi, kun hän pyyhkäisi lämpimällä kostealla pesulapulla Katien kasvoja. "Nosta nyt kädet ylös, niin puetaan sinut."

"Olen iso tyttö."

"Isotkin tytöt tarvitsevat joskus vähän apua", El sanoi silmää iskiessään.

"Kiitos."

"Kiitos, kun toit vähän auringonpaistetta kotiini." "Kiitos."

Katie mietti hetken ja sanoi sitten: "Mutta sinulla oli jo auringonpaistetta, koska sinulla oli Benjamin."

El nauroi. "Olet oikeassa, näemme hänen kultaiset säteensä joka päivä. Tule nyt mukaan, emme kai voi antaa poikien olla valmiita ennen tyttöjä?"

"Ei käy!" Katie kikatti.

KAPPALE 19

POLIISI YLIKONSTAAPELI SGT. MILLER

K UN YLIKONSTAAPELI MILLER SAAPUI asemalle, häntä odotti kiireellinen viesti kuolinsyyntutkijalta:

"Naisen ruumis huuhtoutui Ontariojärven rantaan varhain tänä aamuna lähellä Viaduktia. Tavallinen itsemurhapaikka. Hän on nyt ruumishuoneella. Hänellä ei ole henkilöllisyystodistusta, mutta hän sopii kuvaukseen naisesta, jota pyysit minua pitämään silmällä. Kuolinsyy pitäisi saada pian varmistettua. Tule käymään, kun pääset sisään, niin kerron sitten lisää."

Miller meni välittömästi ruumishuoneelle. Ruumis oli laatalla, ja kuolinsyyntutkija ja hänen avustajansa kirjasivat ylös tietoja.

"Haluatte ehkä vilkaista tätä", hän sanoi ja osoitti naisen kurkun poikki olevaa viiltoa.

"Itsemurha on sitten poissuljettu", Miller ehdotti, "terän kulman perusteella hän ei olisi voinut tehdä sitä itselleen."

"Juuri niin", kuolinsyyntutkija vahvisti. "Ja löysimme myös jälkiä ihosta ja hiuksista hänen kynsiensä alta."

Miller katsoi naisen kynsiä, jotka oli maalattu kardinaalinpunaiseksi. Kun hän katsoi naisen kasvoja, hän huomasi, että hänen ylähuulensa kulmaan oli jäänyt tahra samannäköistä huulipunaa.

"Lähetimme jo näytteet laboratorioon. Pitäisi pystyä tunnistamaan nainen ja mahdollisesti myös hänen hyökkääjänsä, jos löydämme tietokannasta vastaavuuden jompaankumpaan."

"Saanko ottaa näytteen hänen sormenjälkistään, jotta voin tarkistaa sen tietokannastamme, kun palaan toimistolle? Voisi olla nopeampi tie henkilöllisyyden selvittämiseen, jos hänet on pidätetty jostain rikoksesta."

Oikeuslääkäri nyökkäsi.

"Mitä muuta tiedämme hänestä?"

"Ikä on arviolta 34-37 vuotta, ja hän oli monisikiöinen."

"Kaksi synnytystä", Miller sanoi. "Osaatko sanoa, milloin hän sai lapset?"

"Keisarileikkauksella. Seitsemän tai kahdeksan vuotta sitten. Emätinsynnytys äskettäin."

"Oliko muuta?"

"Arvioimme kuolinajankohdan lauantai-illaksi, kello 19-21. Ruumiista ei löytynyt alkoholia tai huumeita." Hän epäröi: "Vielä yksi asia, hänellä oli puremia jalkojen takaosissa." Hän käänsi ruumiin. "Katso, tässä ja tuossa on puremia. Nappulakilpikonnat voisivat olla syynä, mutta puremat ovat suuria."

"Ymmärrän", Miller sanoi. "Kiitos." Hän piti tauon. "Mikä tuo on, lähellä selkärankaa?"

"Syntymämerkki."

Se oli suunnilleen hullunpään kokoinen.

Miller poistui rakennuksesta, ja auringonvalo osui häneen täydellä voimalla. Hän laittoi tummat silmälasit päähänsä ja jatkoi kävelyä autolleen ajatellen Aben luona asuvaa lasta. Hän toivoi, etteivät kuollut nainen ja kadonnut äiti olleet sama henkilö, mutta hänen vaistonsa sanoi muuta.

KAPPALE 20

LAINSÄÄDÄNTÖEAGLE
LEGAL EAGLE

ABE OLI NOUSSUT YLÖS ja lähtenyt talosta ennen kuin muut heräsivät. Keskusteltuaan Elin kanssa hän sopi tapaamisen vanhan ystävänsä, myös heidän asianajajansa Travis Andersin kanssa.

"Haluaisin, että sinä laadit paperit. Kun Benjamin täyttää kaksikymmentäyksi, hän perii talon ja kaupan."

"Hetkinen, hidasta vähän. Entä El?" Travis sanoi.

"Voimme auttaa häntä kaupassa tarpeen mukaan. Mutta hänellä on kannustin astua esiin, osallistua enemmän, koska se on jonain päivänä hänen."

"Elin täytyy olla täällä myös. Talo ja kauppa ovat teidän molempien nimissä."

"Jos kokoat meille lomakkeet, tuon hänet tänne allekirjoittamaan ne. Olemme jo keskustelleet siitä."

"Mihin on niin kiire?"

"Ei mitään kiirettä. Haluan vain saada pallon liikkeelle. Kauanko kestää, että saat kaiken valmiiksi?"

"Anna minulle viikko", Anders sanoi. "Sitten sinun on palattava Elin kanssa. Oletko jo keskustellut asiasta Benjaminin kanssa?"

"En vielä. Haluan nähdä, miltä se näyttää paperilla. Miten kaikki sopii yhteen, ennen kuin otamme hänet mukaan."

"Otan mielelläni rahasi, Abe, mutta jos laadin paperit ja hän kieltäytyy, sinun on silti maksettava palkkioni." "Ei se mitään."

"Ymmärrän. "En haluaisi muuta."

"Hyvä on, Abe. Jätä se minun huolekseni. Otan yhteyttä, kun se on valmis, ja voit tuoda Elin." Hän epäröi.

"Keskustelisin sillä välin Benjaminin kanssa, vaikka kyseessä olisi hypoteettinen tilanne."

"Kun se on allekirjoitettu, se on virallinen?" Abe kysyi. "Entä jos muutamme mielemme?"

"Liitän mukaan perunkirjoituksen. Siltä varalta, että päätätte peruuttaa tarjouksen tulevaisuudessa."

"Kiitos, Travis."

"Niin, eikä sinulla ole laillista velvoitetta paljastaa Codiciliä pojalle, ellet halua. Lisäksi, kun viemme paperit hänelle allekirjoitettavaksi, hänen pitäisi saada oma asianajajansa paikalle. Jos hänellä ei ole varaa siihen, ehdota, että hän ottaa yhteyttä oikeusapuun. Voimme puhua siitä, kun tapaamme, voin kertoa hänelle tai suositella toista asianajajaa. Meidän on annettava hänelle hieman aikaa, ennen kuin hän allekirjoittaa."

"Benjamin on meille kuin poika", Abe nousi seisomaan, "ja haluan tehdä tämän hänelle helpoksi."

"Odota nyt, Abe, istu alas", Travis sanoi. "Olen asianajajanne, mutta en voi edustaa teitä molempia. On hänen omaksi parhaakseen, että hän hankkii muun asianajajan kuin minut."

"Olemme tunteneet toisemme kaksikymmentäviisi vuotta", Abe sanoi. "Minä luotan sinuun. Pojalla ei ole varaa toiseen asianajajaan. Tuntuu naurettavalta, että maksaisin jollekin muulle, kun luotan sinuun."

"Selitän kaiken hänelle kahden kesken, jotta hän ymmärtää ja voi esittää kysymyksiä ilman sinun tai vaimosi läsnäoloa. Perukirja on sinun ja Elin mielenrauhan vuoksi. Se ei vaikuta poikaan, se on lakikysymys. Kaiken kirjoittaminen kirjallisesti on kaikkien asianosaisten suojelemiseksi."

"Arvostan neuvoasi", Abe sanoi. Hän piti tauon.

"Siitä tulikin mieleeni, että katsoin toissa iltana Matlockin uusintoja."

"Rakastin sitä sarjaa ennen", Travis sanoi. "Jatka vain."

"No, siinä jaksossa he yrittivät pakottaa puolison todistamaan miestään vastaan. Siitä seurasi kaaos, mutta Matlock sai asian hylättyä oikeudessa."

"Ah, se Matlock. Säännöt ovat muuttuneet sen jälkeen. Nykyään Kanadassa vaimo voidaan haastaa todistamaan, mutta hänen ei tarvitse paljastaa mitään. Ei, jos se tapahtui heidän avioliittonsa aikana. Se tunnetaan nimellä aviovarallisuussuoja, Kanadan todistusaineistoa koskevan lain 4 §."

"Todella mielenkiintoista", Abe sanoi. "Miten se toimii lasten kanssa? Voidaanko vanhempi pakottaa todistamaan lasta vastaan tai päinvastoin?"

"Tästä on vuosien varrella keskusteltu paljon."

"Ja mitä laki sanoo?"

Travis meni kirjahyllynsä luo ja selaili sitä, kunnes löysi etsimänsä. "Se on lapsen perusoikeus tulla kuulluksi missä tahansa ennakkotapauksessa. Se on 12 artikla, YK:n lapsen oikeuksien yleissopimuksesta. Ratifioitu vuonna 1991." Hän sulki kirjan ja pani sen pois. "Onko muita kysymyksiä?"

"Ei, kiitos ajastanne." Abe nousi seisomaan ja ojensi kätensä.

"Otan yhteyttä", Travis sanoi.

Abe lähti kotiin. Se, että joku olisi huolehtinut hänen vaimostaan hänen lähdettyään, oli hänen ykkösprioriteettinsa. Lähellä kotia hän mietti, oliko kersantti Millerillä mitään uutisia kerrottavanaan. Tässä tilanteessa mikään uutinen ei ollut hyvä uutinen. Saavuttuaan kotiin hän meni sisälle.

KAPPALE 21

YLIKONSTAAPELI MILLER POLIISIASEMALLA -

Y LIKONSTAAPELI MILLER KATSELI, KUN käsiraudoissa olevat miehet ja naiset marssivat asemalle. Hän tunsi olevansa keskellä huonoa reality-ohjelmaa.

"Oliko siellä juhlat?" hän kysyi pidättävältä konstaapelilta.

"Kyllä, katujuhlat itäisellä puolella. Huumeita ja alkoholia kaikkialla."

Nainen kiinnitti hänen katseensa, kun hän allekirjoitti lomakkeen. Hän oli vaalea, hänellä oli huomattavan lyhyt hame ja liikaa meikkiä. Nainen puhalsi miehelle suukon. Mies käänsi naiselle selkänsä. Parempi raato kuin tuo äiti.

Hän pohti, oliko mikä tahansa äiti parempi kuin ei äitiä ollenkaan. Se oli kuin kysymys, jos puu kaatuu metsässä, kuuleeko kukaan? Teoriassa ei ollut oikeita vastauksia, mutta todellisuudessa - yksikään äiti ei saanut olla parempi kuin muutama, jonka hän oli kohdannut.

Hän palasi toimistoonsa juuri ajoissa, kun hän ehti nähdä ruumiinavauksessa olleen naisen sormenjälkien tulokset. Toki nainen oli tietokannassa, mutta hän ei ollut aina ollut paikallinen. Hän oli kotoisin Quebecistä. Hän ihmetteli, mitä nainen teki kaupungissa. Hän jatkoi tietojen etsimistä ja löysi kadonneen henkilön ilmoituksen. Kyllä, se oli se nainen laatassa. Hän selasi tiedostoa ja tarkisti naisen taustan. Sitten hän soitti eräälle ystävälleen Montrealiin. Yhdelle niistä kavereista, joita ei haitannut keskustella englanniksi - ja kertoi hänelle yksityiskohdat.

"Naisen ruumis löydettiin juuri, ja toimistonne kautta tehdyn katoamisilmoituksen perusteella kyseessä on Marie Levesque", Miller sanoi.

Toisessa päässä vallitsi hiljaisuus, ennen kuin toimisto LaPlante kysyi: "Kuolinsyy?".

"Hänen kurkkunsa oli viilletty auki, mutta vielä ei ole selvitetty, oliko se kuolinsyy."

"Minä ilmoitan hänelle. Hän työskentelee Ontarion maakuntapoliisin kanssa."

"Onko hän paikallinen poliisi? Voin ottaa yhteyttä, jos haluatte. Kerro hänelle kaikki, mitä hän haluaa tietää ja mihin tulla tunnistamaan ruumis. Voin olla siellä hänen kanssaan, jos hän haluaa. Jos hänellä ei ole sukulaisia täällä."

"Hän oli kaikki, mitä hänellä oli", LaPlanten ääni värähti. "Hän työskenteli peitetehtävissä."

Miller epäröi. "Voisiko tällä murhalla olla jotain tekemistä hänen tutkimustensa kanssa?", hän kysyi. Onko hänen peiteroolinsa paljastunut?"

"En tiedä. Ajan sen tänne lipputankoon. Otan selvää, mitä voin, ja sinä teet saman omalta osaltasi. Onko sinulla yhteyksiä OPP:hen?"

"Totta kai on, mutta olen hienotunteinen."

"Kiitos, Alex."

"Totta kai."

Miller löi luurin korvaan, mutta piti puhelinta korvaansa vasten. Hän hieroi leukaansa parran kohdalta. Hän kaipasi sitä partaa, mutta hänen vaimonsa ei varmasti kaivannut.

Ainakaan se ei ollut pikku-Katien äiti, mutta se oli silti murha. Kun OPP oli mukana, asiat kaupungissa saattoivat mutkistua. Hän valitsi Aben numeron ja odotti, kun se soi useita kertoja.

✳✳✳

"Hei Abe, täällä kersantti Miller, Alex tässä."

"Hei."

"Soitan vain kysyäkseni, miten Katie voi?"

"Kyllä, Katie asettuu hyvin", Abe vahvisti. "Onko hänen äidistään kuulunut mitään?"

"Meillä on muutamia johtolankoja, mutta ei mitään varmaa."

"Voinko auttaa?"

"Haluaisimme lisätietoja hänestä, kuten hänen sukunimensä."

"Se on Walker, sain sen selville jutellessani erään naapurin kanssa. "

Hän istui alas. "Milloin?"

"Lauantaina. Kun El vei hänet ostoksille ostamaan välttämättömyystarvikkeita ja minä menin mukaan katsomaan."

"Rouva Walker ei tainnut olla kotona?"

"Ei merkkiäkään hänestä tai kenestäkään muustakaan. Juttelin naapureiden kanssa."

"Teeskentelitkö olevasi yksi meistä, siis poliisi?"

"Minäkö? En usko, että pystyisin siihen, olen aivan liian lyhyt", Abe sanoi. Molemmat nauroivat. "Älä huoli, olin huomaamaton."

"Haluatko kertoa jotain asiaan liittyvää?"

"Öh, no, paljon miehiä. Yksi naapuri sanoi, että talossa oli kuin olisi ollut pyöröovi. Sanoi, että äiti oli kadun puheenaihe - eikä suinkaan positiivisella tavalla."

"Mielenkiintoista. Aistitko vihamielisyyttä tai jotain motiivin lähelle menevää?"

"En lainkaan. Hän on utelias ja kyllästynyt - mutta ei todennäköisesti murhaaja. Nainen, jonka kanssa vietin eniten aikaa, oli ihastunut Katieen. Hän näki heidän lähtevän talosta. Ihmetteli, miksi Katie toi nukkensa kouluun. Hän ei koskaan nähnyt heidän palaavan kotiin. Arvioni oli, että tämä nainen tietää kaiken, mitä tapahtuu, kadulla kaikkien kanssa."

"Okei, Abe, kiitos kun kerroit minulle. Pysy nyt kuitenkin poissa alueelta, jätä tutkimukset meille."

"Öh, jos sinä ja poliisit menette talolle, haluaisin tulla mukaan, jos vain voin."

Miller veti syvään kuuluvasti henkeä. "Ei ole tavanomainen menettelytapa ottaa siviiliä mukaan, ja etsintäluvan saaminen kestää jonkin aikaa. Meidän on luultavasti murrettava ovi."

"Haluaisin silti olla siellä. Lupaan, etten ole tiellä - ja naapurit ovat nähneet minut, tuntevat minut."

"Koska kyse on sinusta, voin kai tehdä poikkeuksen, jos lupaat pysyä autossa, kunnes sanon toisin. Soitan sinulle, kunhan olen hakenut etsintälupaa ja tiimiä mukaan. Jos olet valmis, voit liittyä seuraamme. Jos et, menemme Walkerin asunnolle ilman sinua. Onko selvä?"

"Sataprosenttisesti", Abe sanoi hymyillen puhelimeen. Hän löi luurin korvaan ja kääntyi sitten vaimonsa puoleen, joka oli kiireinen harjaamaan Katien hiuksia: "Minun on ehkä lähdettävä ulos heti, kun puhelin soi."

"Liittyykö tämä mitenkään Katieen?" Benjamin kysyi. Hän oli katsonut televisiota.

Abe siirtyi lähemmäs häntä ja kuiskasi: "Se oli kersantti Miller linjalla. Heillä ei ole mitään varmaa tietoa."

"Voinko tulla mukaan?" Benjamin kysyi.

"Tarpeetonta, mutta kiitos", Abe sanoi. Hän laski äänensä kuiskaukseksi: "Kersantti Miller ei halunnut minun tulevan mukaan, mutta minä vaadin. Meidän kesken aiomme tutkia hänen talonsa."

"Selvä, kerro mitä löydät, sillä välin minä hoidan asiat täällä. Ehkä vien Katien ulos haukkaamaan raitista ilmaa." Benjamin nousi ylös ja sanoi: "Onko kukaan valmis lähtemään kävelylle?"

"Minä!" Katie vinkui.

"Minä myös!" El sanoi.

He lähtivät, ja Abe istui puhelimen vieressä odottamassa ylikonstaapeli Millerin puhelua.

KAPPALE 22

ASIOIDEN TARKISTAMINEN

MILLER KERTOI POLIISIPÄÄLLIKÖLLE KATIEN tilanteesta. Odottaessaan etsintälupaa hän järjesti kaksi poliisia mukaansa. Hän soitti Abelle: "Olemme luonasi kymmenen minuutin kuluttua, oletko valmis lähtemään?"

"Kymmenen-neljä", Abe vastasi.

Konstaapelit hihittelivät Millerin takana.

"Hän on hyvä mies", Miller sanoi painaessaan kaasupolkimen pohjaan.

Abe oli äärimmäisen innoissaan siitä, että hän oli mukana tässä jutussa. Hän hymyili, kun risteilyauto pysähtyi talon eteen. Miller astui ulos ja ojensi hänelle luotiliivit, jotka Abe puki paidan alle.

Samalla Miller esitteli hänet konstaapelit Belagolle ja Ripponille. Hän kätteli heitä. Hän halusi kertoa heille, että Abe Julius ei ollut nössö.

Abe siirtyi takapenkille, mutta kaksi konstaapelia väistyi, jotta hän pääsi etupenkille. "Ja ei, et voi leikkiä sireenillä", Miller sanoi. Konstaapelit naureskelivat.

Millerillä oli hieman lyijyjalka, ja toinen takapenkillä istuvista konstaapeleista sanoi niin. Hän nauroi. "Olen silti pomosi, vaikka etupenkillä istuisi siviili. Talolla me kolme menemme sisään. Abe, kuten sovittu, sinä pysyt autossa."

"Kyllä, ymmärrän, mutta ilmoita, jos tarvitset apuani." "Kyllä, ymmärrän, mutta ilmoita, jos tarvitset apuani."

"Kyllä." Sitten vilkaisi taustapeiliin: "Kun olemme pojat, katsomme nopeasti ympärillemme. Kuten tavallista, pukekaa hanskat käteen ja muistakaa olla koskematta tai liikuttamatta mitään.

"Kuten keskustelimme, kuva äidistä ja tyttärestä olisi kätevä. Etsikää myös sellainen, jossa on isä."

Abe siirtyi istuimellaan. Hän haluaisi mielellään juoda toisen kupin teetä ja jutella uteliaan naapurin kanssa.

"Jätän radion päälle, kun menemme sisään, jotta voit kuunnella jotain musiikkia."

He pysähtyivät ruuhkaiseen risteykseen. Usean ajoneuvon kolari oli tukkimassa liikennettä. Miller laittoi sireenin punaisen valon päälle ja erotti tiensä kysyttyään, olivatko kaikki kunnossa.

"Saanko lainata tuota joskus?" Abe kysyi rullaamalla ikkunan alas.

Kaikki nauroivat, kun Miller sanoi: "Ei käy."

"Olemme perillä", konstaapeli Belago sanoi.

Miller käänsi radion äänenvoimakkuutta. "Kaikki valmiina, Abe. Pysy tässä ja istu paikallasi."

"Minä suojelen ajoneuvoa", Abe sanoi.

Ylikonstaapeli Miller puki hanskat käteen. "Mennään, pojat."

✳✳✳

YLIKONSTAAPELI MILLER KOPUTTI ENSIN ja soitti sitten ovikelloa, kun taas konstaapelit Rippon ja Belago pitivät silmällä. Kun kukaan ei vastannut, Rippon kiersi talon oikean puolen ja Belago toisen puolen. He palasivat hetken kuluttua.

"Kaikki selvää", Belago sanoi.

"Kaikki selvää, pomo."

"Selvä, katsotaan, pääsemmekö sisään rikkomatta ovea", Miller sanoi.

Belago otti auton takakontista työkaluja. He murtautuivat lukkoon hetkessä.

Miller työnsi päänsä sisään ja huusi: "Haloo? Onko ketään kotona?"

He eivät kuulleet mitään, joten he etenivät sisälle aseet valmiina. Ainoa ääni oli jääkaapin surina. Miller avasi oven ja huomasi sen olevan täynnä ruokaa, mausteita ja useita korkkaamattomia viinipulloja.

"Ei näytä siltä, että joku olisi suunnitellut matkaa", hän arveli.

Belago ja Rippon tutkivat pohjakerroksen.

"Kaikki selvää ja turvattu", Belago raportoi.

Olohuoneen takkatulisijalla oli esillä perhevalokuvia. "Ota tuo", Miller sanoi ja osoitti kuvaa, jossa oli pieni tyttö ja mies. Abe ei ollut maininnut isää. Itse asiassa naapuri oli kertonut Abelle, että talossa oli pyörivä miesten ovi. Kuka oli sitten se mies kuvassa Katien kanssa? Kun hän oli katsellut kaikkia esillä olleita valokuvia, hän oli yllättynyt, ettei niissä ollut yhtään äiti-tytär-kuvaa.

Konstaapelit seurasivat Milleriä narisevia mattoportaita ylös.

"Päivää, poliisi!" Miller huudahti, aseensa eteenpäin suunnattuna ja valmiina kaikkeen. Mihin tahansa muuhun kuin siihen, mikä hyökkäsi hänen nenäänsä. Unohtumaton kuoleman haju.

Konstaapelit tukehtuivat tahtomattaan, kun he jatkoivat matkaansa portaiden yläpäähän. Nyt portailla löyhkä oli sietämätön.

Haisun vastakohtana ensimmäinen huone oikealla oli lastenhuone, vaaleanpunaiseen sisustettu, sängyn röyhelöt ja kukkatapetit.

Kun he jatkoivat matkaa, löyhkä paheni ja heidän silmänsä täyttyivät vedellä. "Tämä ei näytä hyvältä, pomo", Belago sanoi ja pidätti sitten henkeään.

"Ei tämäkään haise hyvältä", Miller vastasi siirtyessään eteenpäin kohti käytävän päässä olevaa huonetta.

Se osoittautui päämakuuhuoneeksi, jonka ovi seisoi auki ja sisällä, sängyssä oli kuollut mies.

Eikä se ollut mikä tahansa kuollut mies. Se oli mies, jonka he olivat juuri nähneet alakerrassa kuvassa, joka oli takan päällä pienen tytön kanssa.

Hän oli peiton alla, mutta ylävartalo ja alaruumis näyttivät oudoilta, tai tarkemmin sanottuna ne olivat oudosti kohdakkain. Pystyssä, mutta ei suorassa. Hän heitti peiton takaisin.

"Jessus", konstaapeli Belago sanoi tarkkaillessaan miehen istuvan vieressä.

"Miksi joku istuttaisi jonkun tuolla tavalla sen jälkeen, kun hänet on leikattu kahtia?" Miller kysyi.

"Täällä ei ole verta", Rippon huomautti, "eikä verijälkiä."

Lihaisia jänteitä lähti vartalon molemmista puolikkaista.

"Kuolonkankeus on alkanut, se selittää asennon - jossain määrin", Miller sanoi. "Minä ilmoitan sen, te kaksi etsikää ase ympäriltänne." Sitten hän puhui taas puhelimeen.

"Kyllä, täällä kersantti Miller. Tarvitsemme tänne täyden rikosteknisen ryhmän. Ja apuvoimia turvaamaan kiinteistö. Lisäksi kuolinsyyntutkija, ambulanssi ja yksi ruumissäkki. Niin, ja sano heille, etteivät he käytä sireenejä - emme halua, että koko naapurusto tulee katsomaan esitystä. Kyllä, kymmenen neljä."

"Pomo, me löysimme jotain", Belago huusi käytävän päästä.

Kylpyhuone oli verinen sotku. Kylpyammeessa: moottorisaha. Siihen oli kaadettu valkaisuainetta, jotta veren haju peittyisi.

"Hänet oli varmasti viilletty tässä", Rippon sanoi peittäen nenänsä kämmenselällään.

"Valkaisuaine, veri ja ilmanraikastin, tappava yhdistelmä", Miller sanoi ja yritti torjua hengenahdistusta.

Hän huusi taas: "Käske oikeuslääketieteellisen ryhmän tulla täydessä varustuksessa." Sitten poliiseille: "Katsotaan, mitä todisteita saamme koottua ennen kuin muut saapuvat."

"Entä ystäväsi autossa?"

"Hän pysyy paikoillaan, kunnes toisin sanon."

"Eikö hän ole uteliasta tyyppiä?" Belago kysyi.

"Hän on kyllä utelias, mutta hän tietää, milloin raja vedetään."

KAPPALE 23

KORPSE

H E PALASIVAT HUONEESEEN, JOSSA ruumis oli, kun Millerin puhelin soi. Se oli poliisipäällikkö, joka pyysi lisätietoja murhatusta miehestä. "Hän on ollut kuolleena pari päivää, kolmekymppinen, mies, valkoihoinen." "Hän on ollut kuolleena pari päivää, kolmekymppinen, mies, valkoihoinen."

"Tiedätkö, miten hän kuoli?"

"Kyllä. Löysimme sirkkelin kylpyhuoneesta. Hänet paloiteltiin siellä ja siirrettiin sitten kahdessa osassa sänkyyn. He näkivät paljon vaivaa tyhjentämällä ruumiin ensin ja laittamalla palat sängyn peiton alle. Se oli kuin hän olisi istunut itsensä vieressä."

"Kuulostaa joltain, jolla on outo huumorintaju."

"Täällä asuu äiti ja lapsi. Tämä kaveri oli kuvassa takanreunalla pienen Katien kanssa. En ymmärrä, miten nainen olisi voinut tehdä tämän ilman apua."

"Kuulostaa ainakin kahden ihmisen hommalta. Kerro minulle, kun palaat asemalle."

"Selvä", Miller sanoi ja katkaisi sitten yhteyden.

"Kessu", Rippon kuiskasi, "tämä kaveri näyttää jotenkin tutulta."

"Hän oli alakerran kuvassa."

Miller nauroi. "Olen samaa mieltä, hän näyttää kyllä joltain. Ehkä hän on jostain merkittävästä perheestä?"

"Haloo!" naisen ääni huusi alakerrasta.

"Jessus, kuka tuo nyt on?" Miller kysyi ja meni portaiden yläpäähän.

Eteisessä ollut nainen sopi kuvaukseen siitä "uteliaasta naapurista", jonka kanssa Abe sanoi puhuneensa. Hän kumartui kaiteen yli.

"Poistukaa välittömästi tiloista."

Nainen ei liikkunut kuin jalkansa olisivat olleet sementoituneet paikoilleen. Hän alkoi höpöttää: "Niin huolissaan siitä pikkutytöstä, raukka."

Hän lähti portaita alaspäin: "Sinun on mentävä."

Hän hyppäsi.

"Kiitos huolenpidostasi, mutta sinun on lähdettävä, nyt." Hän johdatti tytön ulos talosta ja etupihalle. Hän tuijotti Abea ja ihmetteli, miksei tämä ollut estänyt tyttöä menemästä sisään, mutta sitten hän muisti antaneensa vanhalle ystävälleen tarkat ohjeet pysyä auton luona, tapahtui mitä tahansa.

Miller palasi sisälle taloon ja lukitsi etuoven takanaan. Hän oli tullut alas, kun rikostekninen ryhmä ja muut saapuivat, ja päästänyt heidät sisään mieluummin kuin ottanut riskin, että joku muista naapureista uskaltautuisi sisälle.

Judy Smith niiskutti nenäliinaansa etupihalla ja huomasi sitten Aben risteilyautossa. Hän vilkutti hänelle, ja Abe vilkutti takaisin.

Sitten hän siirtyi kadun toiselle puolelle oman talonsa etupihalle ja seisoi siellä tuijottaen.

***

EI KESTÄNYT KAUAN, KUN useat ajoneuvot täyttivät ajotien ja reunustivat katuja.

"Täällä ei ole mitään nähtävää", yksi sanoi Judy Smithille.

Abe tarkkaili kaikkea ympärillään tapahtuvaa ja halusi kuollakseen tietää, mitä oli tekeillä. Mitä he olivat löytäneet sisältä? Oliko Katien äiti kuollut? He olivat vieneet paareilla jonkun. Ehkä hän oli loukkaantunut? Ja Judy Smith oli kävellyt suoraan taloon, rohkeana kuin vaski. Kunpa hän vain pääsisi ulos ja voisi kysellä.

Hän jatkoi katsomista, kun tontti eristettiin keltaisella teipillä, jonka hän oli nähnyt vain televisiossa. Ja ryhmä ihmisiä, jotka menivät sisään naamareissa ja hanskoissa - he olivat rikostutkijoita. Hän oli nähnyt heidätkin televisiossa.

Hän tunsi itsensä karviaiseksi ja oli iloinen, kun Miller palasi autoon.

He ajoivat eteenpäin - koko matkan aikana Miller ei sanonut sanaakaan. Ei edes hyvästejä, kun Abe nousi autosta.

✳✳✳

M ATKALLA TAKAISIN WALKERIN TALOLLE Miller kävi läpi tietonsa. Hän oli kiitollinen siitä, ettei Abe ollut paiskannut häntä kysymyksillä.

Kun hän oli pysäköinyt kadun varrelle talosta, hän nousi autosta. Hän huomasi verhosiirtymän ja mietti, asuiko utelias naapuri siellä. Hän koputti ulko-oveen ja vilautti virkamerkkiä.

"Ylikonstaapeli Miller", hän sanoi. "Pahoittelen aiempaa, mutta siviilit eivät saa tulla öö, rikospaikalle."

"Ymmärrän", hän sanoi. Sitten hän kumartui lähemmäs: "En koskaan jätä väliin yhtään CSI-jaksoa, ja olen lukenut kaikki Agatha Christien romaanit."

Mies hymyili. "Haittaako, jos kysyn muutaman kysymyksen?"

"Ei, autan mielelläni. Olen koko ajan kotona liikkumisongelmien takia. Tule sisään ja istu alas." Hän seurasi naista olohuoneeseen. Hänen tuolinsa osoitti puoliksi television suuntaan ja puoliksi kadun suuntaan. Huoneessa tuoksui heikosti savukkeet ja VapoRub. Kookas nainen pikemminkin laskeutui kuin istui tuoliinsa.

Miller antoi naisen asettua paikoilleen ja kysyi sitten: "Milloin näitte viimeksi kenenkään tulevan tai menevän kadun toisella puolella olevasta talosta?"

Nainen taitteli kätensä ja laski ne syliinsä. "Perjantaiaamuna pieni tyttö ja hänen äitinsä lähtivät, myöhemmin kuin tavallisesti."

"Katie on hänen nimensä, eikö niin? Ja hänen äitinsä on Jennifer?"

"Kyllä, aivan oikein. Ja he raahasivat mukanaan tuota nukkea."

"Oliko rouva Walkerista muuta tietoa? Kuulimme, että hän palasi taloon lähdettyään ulos, mutta ilman lasta."

"En ainakaan nähnyt." Hän pysähtyi. "Ai niin, nyt kun ajattelen, kävin pikaisesti suihkussa." Hän epäröi, kumartui sitten lähemmäs ja kuiskasi: "En ole mikään tarinankertoja, mutta yksi asia, jonka huomasin rouva Walkerissa, oli se, että sinä aamuna hänellä oli peruukki. Ajattelin, että mihin ihmeeseen tuo nainen menee pienen tyttönsä kanssa, joka on pukeutunut noihin kimalteleviin sandaaleihin ja kantaa nukkea koulupäivänä? Ajattelin, että ehkä hän ottaa sen mukaansa esittelemään ja kertomaan, mutta se on vain nuoremmille lapsille." Hän epäröi.

Hän vilkaisi ulos ikkunasta, kun auto ajoi ohi, ja jatkoi sitten. "Ja hänellä oli peruukki päässään? Siinä ei ollut mitään järkeä. Ja minä ajattelin sitä tyttöparkaa.

"Olen asunut tällä kadulla koko aikuisikäni ja nähnyt paljon outoja asioita. Tarvitsen paljon aikaa kertoakseni sinulle kaiken." Hän veti syvään henkeä.

"Mutta sinua ei kiinnosta kaikki, vaan Walkerit. Sanon vain, että tuona aamuna se oli ensimmäinen ja luultavasti viimeinen kerta, kun näen niin epätavallisen kolmikon kävelemässä kadullamme."

"Peruukki vai?" Tämä oli uutta tietoa. Hän otti esiin kynän ja paperin.

"Kyllä, se oli outoa. Peruukin lisäksi Katilla oli sandaalit jalassaan, kouluun sopimattomat. Kun poikani kävivät koulua, tuollaiset sandaalit eivät olisi olleet sallittuja. Siellä oli sääntöjä, joita piti noudattaa. Kaikki muuttuu, aina huonompaan suuntaan." Hän puuskahti. "Sitä paitsi, sillä lapsella oli vaikeuksia pysyä perässä, ja he olivat vasta lähteneet talosta, ja hänellä oli nukke mukanaan."

"Entä edellisenä päivänä, näitkö tai kuulitko mitään?" Hän tunsi naisen tyypin. Abe oli oikeassa. Judy Smithillä ei ollut mitään parempaa tekemistä kuin tunkea nenänsä muiden asioihin. Se ei ollut ominaisuus, jota hän etsi ystävältä tai naapurilta, mutta tässä tapauksessa Judy saattoi olla hänen ainoa johtolankansa.

Hän mietti asiaa. "Edellisenä päivänä ei mitään. Kukaan ei tullut eikä mennyt." Hän epäröi. "Sitä edeltävänä päivänä muistan kuitenkin jotain. Haluaisitko kupin teetä?" Hän käänsi vartaloaan hieman katsellakseen ohi kävelevää kissaa.

"Ei kiitos", hän sanoi. "Ole hyvä ja jatka."

"Torstaina olin ulkona hakemassa matoja pojalleni."

Hän katsoi ylös muistikirjastaan.

"Poikani kalastaa vapaapäivinään. Lääkäri sanoo, että se on ihan ok, että kerään matoja."

Hän nyökkäsi. "Vain faktat, kiitos." Hän toivoi niin, että nainen menisi asiaan.

"Kuulin huutoa ja korotettuja ääniä."

Hän nousi istumaan, nyt taas kiinnostuneena. "Naisen? Lapsen?"

"Naisen, kyllä. Ja miehen."

Mies nyökkäsi, jotta nainen voisi jatkaa.

"Sain madot valmiiksi ja kaikki hiljeni. Palasin sisälle."

"Tiedätkö, kuka mies oli tai milloin hän saapui?"

Hän nyrpisti otsaansa. "Siinä talossa tuli ja meni miehiä. Tarvitsisin laajan listan, jotta pysyisin kärryillä." Hän otti käteensä pokkarin ja tuuletti itseään. "Voi, muistan kyllä jotain muuta. Se vain tuli mieleeni. Perjantaina puolenpäivän aikoihin, kun hän palasi - neiti Walker, auto odotti. Hän päästi sen autotalliin."

"Mitä sitten tapahtui?"

"Minä nukahdin. Nukun joskus täällä tuolissani. Mutta kuulin sen selvästi - jyrisevän äänen. Kuin ruohonleikkuri tai..."

"Sahan?"

"Se olisi voinut olla saha."

"Ai", hän sanoi. "Näitkö ajoneuvon lähtevän?"

"En." Etuovi kilahti auki ja pamahti sitten kiinni. "Charlie?" hän huusi. Charlie oli hänen taksinkuljettajapoikansa, ja esittäytymisen jälkeen hän kertoi tälle keskustelusta.

"Tulin kotiin lounaalle perjantaina iltapäivällä", Charlie sanoi. "Äiti oli torkahtanut tuoliinsa, mutta ääni herätti hänet. Kuulin sen, kun kävelin autosta. Minusta se kuulosti ehdottomasti moottorisahalta."

"Oletteko molemmat varmoja kellonajasta?"

He nyökkäsivät.

Yläkerrassa Miller kuuli tuolin raapivan lattiaa vasten. "Onko talossa joku muu?"

Ensimmäistä kertaa nainen vaikutti hermostuneelta, ja hän väänsi käsiään puhuessaan. "Kyllä, se on toinen poikani. Tulen kohta ylös!" hän huusi yrittämättä nousta seisomaan.

Talon läpi kuului ääni, kuin haavoittuneen eläimen ääni. Kahden yrityksen jälkeen hän oli jaloillaan. "Hän ei kuulemma ole järjiltään kunnossa, mutta hän on silti poikani".

"Ei se mitään, äiti", Charlie sanoi ja taputti häntä käsivarrelle, kun hän käveli ohi.

"Haluaisin tavata hänet", Miller sanoi.

"Totta kai - tule ylös", Judy sanoi noustessaan ensimmäiset portaat ylös pitäen kiinni kaiteista molemmin puolin. Miller tuli perässä. Portaiden yläpäähän päästyään hän koputti varovasti ennen kuin astui sisään. "Meillä on vieras täällä tapaamassa sinua, kulta, hän on poliisi."

Miller tönäisi tiensä sisään ja ojensi kätensä miehelle - joka ei tehnyt vastapalvelusta. Sen sijaan hän istui oikean kätensä sormet pienen kannettavan tietokoneen näppäimistöllä. Mies katsoi ulos ikkunasta, kun auto ajoi ohi, ja napsautti näppäimistöä.

Hän ylitti huoneen nähdäkseen sen lähemmin. Mies näppäili ulkona olleen risteilyauton rekisterinumeroa. Ei vain risteilyauton, vaan jokaisen ajoneuvon, jonka hän näki. "Oletko kiinnostunut ajoneuvoista vai rekisterinumeroista?" hän kysyi.

"Ei, ei, ei, ei!" hän huusi ja löi itseään molemmilla nyrkeillä päänsä kylkeen.

"Gerald, lopeta nyt tuo!" hänen äitinsä sanoi tarttuen molempiin nyrkkiin, ja kun poika oli rauhoittunut, hän suuteli häntä otsalle ja päästi ne irti. "Se mukava mies osoitti vain kiinnostusta työtäsi kohtaan."

Gerald naputteli näppäimistöään.

"Me lähdemme nyt, älä ole enää epäkohtelias ja nolaa äitiäsi. Jatka sinä erinomaista työtä." Hän sulki oven heidän takanaan. Portaissa hän sanoi: "Hänellä on ongelmia."

"Eikö meillä kaikilla ole", Miller vastasi. Nyt takaisin olohuoneessa Charlie ei ollut enää paikalla.

Hän odotti, että nainen istuutuisi, ennen kuin istuutui itse. "Kutsuit sitä, mitä hän teki työksi, mitä tarkoitit?"

"Oletko koskaan kuullut termistä heksakosioihexekontahexafobia tai triskaidekafobia?" hän kysyi.

"Valitettavasti en. Mutta fobia erottuu edukseen. Hänellä on fobioita, mistä on kyse?"

"Hän pelkää numeroita, kuten kuusikymmentäkuusi ja kolmetoista. Ei ole mitään järkeä tai syytä miksi. Kun hän tapasi psykiatrin, tämä ehdotti, että hän pitäisi kirjaimia tai numeroita muistiin. Hän kirjaa ylös rekisterikilpien numeroita, ne ovat hänelle helpoimmin nähtävissä, koska hän on huoneessaan suurimman osan ajasta."

"Siitä voisi olla meille hyötyä, jos näkisimme, mitä hän on kirjannut. Kuinka kauan hän on tehnyt sitä?"

"Vuosia, ja kyllä, se voitaisiin järjestää, jos siitä olisi apua."

"En ole varma, tiedätkö, mutta Jennifer Walker on kadonnut. Kaikki tiedot tuloista ja menoista olisivat hyödyllisiä."

Hän ojensi hänelle korttinsa. "Siinä on sähköpostiosoitteeni. Jos voitte lähettää minulle tiedoston, sen ei tarvitse olla korjattu tai kaunis. Annan väkeni käydä sen läpi ja katsoa, onko siinä mitään käyttökelpoista."

Hän vei hänet ovelle ja vilkutti hyvästiksi. Kun hän käveli pois, Miller näki yläkerran verhojen avautuvan hieman ja sulkeutuvan sitten taas.

Tuolla yläkerran nuorella miehellä oli tietojen aarreaitta. Mahdollisesti tietue jokaisen kadulle saapuneen ajoneuvon jokaisesta rekisterinumerosta.

Hän ihmetteli, tiesivätkö naapurit, että heidän ja heidän vieraidensa ajoneuvot oli merkitty. Hän hymyili. Jos he tietäisivät, he eivät varmasti pitäisi siitä - ja se oli luultavasti vastoin kaikkia olemassa olevia yksityisyydensuojalakeja. Silti hänellä oli murha selvitettävänä ja kadonnut nainen löydettävänä - ja hän käyttäisi kaikkia keinoja, jotka hän saisi käsiinsä, löytääkseen perimmäisen syyn.

Ajaessaan takaisin asemalle hän ajatteli, miten helppoa Aben oli löytää utelias naapuri. Hänellä oli hyvä vaisto ja hän huomasi asian nopeasti, ja hän kävi naapurustossa ensimmäistä kertaa. Oli reilu arvio, että kaikki naapurit tiesivät Judy Smithin tavasta tunkea nokkansa heidän elämäänsä. Oliko se, joka leikkasi ruumiin, jättänyt sen siksi sinne peiton alle sen sijaan, että olisi hävittänyt sen?

Hän palasi asemalle. Vaikka hän kuinka yritti, hän ei saanut kuoleman pahanhajuista hajua pois sieraimistaan. Hän tarkisti sähköpostinsa, eikä Smithin naiselta ollut vielä tullut mitään.

Koska hänellä ei ollut viestejä tai uusia tietoja, joita hän voisi seurata, hän käveli ruumishuoneelle. Jos ei muuta, hän voisi päivittää heille viimeisimmät tiedot - Jennifer Walkerilla oli ollut peruukki. Nyt hänen täytyisi laajentaa tutkimuskohteita.

Hän ei voinut tehdä paljon muuta, ennen kuin vainaja oli tunnistettu. Hän toivoi muistavansa, missä hän oli nähnyt hänet. Muisti oli vain ulottumattomissa.

Yhden asian hän tiesi varmasti, että mies oli pahassa pulassa.

KAPPALE 24

ABE JA EL

KUN ABE PALASI KOTIIN, hän meni suoraan toimistoonsa. Hän tarvitsi aikaa käsitellä kaikkea näkemäänsä.

"Kop, kop", El sanoi astuessaan sisään. "Näytät huolestuneelta, kulta", hän hieroi hellästi miehensä olkapäätä.

"Ajattelen vain", mies sanoi suoristuessaan tuolissa. El jatkoi miehen olkapäiden hieromista, sitten hänen kätensä siirtyivät miehen kaulalle.

Kun hänen sormensa alkoivat sattua, hän kysyi: "Haluaisitko kupin kuumaa teetä".

Abe nousi seisomaan. "Haluaisin, mutta haen sen itse." Hän poistui toimistosta.

El seurasi häntä perässä: "Mitä jos keittäisin sinulle yhden? Minullekin maistuisi kuppi teetä."

"Ei, anna minun", Abe sanoi, kun he lähestyivät keittiötä. El seurasi tiiviisti hänen kannoillaan.

"Voisitko lopettaa hössöttämisen!" Abe sanoi, hieman kovempaa kuin hän odotti.

"Onko kaikki hyvin?" Benjamin kysyi.

El sanoi: "Kaikki on hyvin. Me päätämme, kumpi tekee paremman kupin teetä. Toistaiseksi Abe luulee voittavansa. Menkää nyt takaisin katsomaan peliänne."

Benjamin ja Katie kyllästyivät televisioon, sammuttivat sen ja siirtyivät pelaamaan tammea.

"Älkää antako minun voittaa tällä kertaa!" Katie sanoi.

"En ikinä!" Benjamin sanoi keittiön kuppien ja lautasien kilinän ja kolinan yli.

Muutamaa hetkeä myöhemmin El tupsahti olohuoneeseen. "Kuka voittaa?" hän kysyi.

"Shhh", Katie sanoi. "Hän keskittyy."

Benjamin hymyili.

"Ulkona on ihana aurinkoinen päivä, ja teidän kahden pitäisi mennä ulos haukkaamaan raitista ilmaa. Tai ehkä potkia palloa!"

"Tuo on fiksu ajatus. Tulkaa!" Benjamin sanoi.

"Hän sanoo noin vain siksi, että minä voitan!" Katie huokaili seuratessaan Benjaminia ulos ovesta ja takapuutarhaan.

Saman huoneen nurkassa olevasta viinakaapista El kaatoi lasiin paukun Aben suosimaa viisikymmenvuotiasta viskiä. Hän lisäsi tilkan soodaa. Hän kantoi sen miehen luo.

"Ajattelin, että ehkä jokin vahvempi voisi rauhoittaa hermojasi."

El hymyili ja kiitti häntä koskettamalla tämän kättä. "Olen pahoillani, El."

Hän suuteli häntä otsalle ja meni sitten keittiön ikkunalle, josta avautui näkymä puutarhaan. El nauroi ja pian Abe liittyi hänen seuraansa. Yhdessä he katselivat, kuinka kaksi lasta juoksi ja leikki puutarhassa.

Abe otti muutaman kulauksen ja rentoutui toivoen, ettei ruumispussissa, jonka hän oli nähnyt talolla, ollut Katien äidin Jennifer Walkerin ruumista.

KAPPALE 25

SGT. MILLER

MILLER SAAPUI RUUMISHUONEELLE JA keskusteli lyhyesti oikeuslääketieteellisen patologian päällikön J. T. Pattersonin kanssa, jonka oli sitten jätettävä hänet hoitamaan tunnistusta.

Hetkeä myöhemmin ruumiinavausteknikot saapuivat Walkerin kodista ruumispussin kanssa. Mukana oli tunnistamislomake ja kontti, johon oli merkitty henkilökohtaiset tavarat. Valokuvaaja otti kuvia, kun sinetti poistettiin. Sitten ruumis asetettiin tutkimuspöydälle. Miller pysytteli poissa tieltä, kun ruumiista purettiin kääreet lävistäjien toimesta.

Patterson astui uudelleen huoneeseen ja veti hänet syrjään. "OPP:n konstaapeli on yläkerrassa katseluhuoneessa. Hän on juuri tunnistanut vaimonsa ruumiin."

"Levesque?" Miller kysyi.

"Kyllä, tunnetko hänet?"

"En, mutta minä ilmoitin ruumiista, ja tietokannassa näkemieni tietojen perusteella luulin, että se oli hän."

"En."

"Voisitko jutella hänen kanssaan? Sieltä ylhäältä käsin näet kaiken, mitä täällä alhaalla tapahtuu. Ruumiinavauksen aloittamiseen menee vielä hetki."

"Totta kai."

"Kun aloitamme, voitte kysellä vapaasti. Pystymme kuulemaan ja vastaamaan teille, vaikkakaan vastauksemme eivät ehkä ole välittömiä. Ensisijainen tavoitteemme on henkilön ruumis."

"Ja aivan oikein", Miller sanoi. Sitten hän poistui huoneesta ja pysähtyi matkalla hetkeksi hakemaan kupin kuumaa teetä automaatista. Hän ojensi sen Levesquelle, esittäytyi ja sanoi sitten: "Olen pahoillani vaimonne puolesta."

"Merci. Hän oli minulle kaikki kaikessa, mon monde entier. Lapsemme eivät myöskään selvinneet. Se särki hänen sydämensä. Siksi muutimme tänne, vaihtamaan maisemaa ja aloittamaan alusta." Hän pidätti nyyhkytyksen ja otti sitten kulauksen kuumaa teetä. "Hyvä", hän sanoi.

"Olen hyvin pahoillani."

"Kiitos."

Miller ja Levesque istuivat vierekkäin, kun alhaalla oleva henkilökunta valmistautui ruumiinavauksen aloittamiseen.

"Voimmeko mennä jonnekin muualle?" Miller sanoi.

"Ei, tuo ei ole minun vaimoni. Olen kunnossa."

Patterson palasi alla olevaan ruumiinavaushuoneeseen, pukeutuneena leikkauspukuun, kirurgiseen merkkiin, käsineisiin ja korkeisiin mustiin saappaisiin. Miller ja

Levesque katsoivat, kun he ottivat näytteitä ja laittoivat ne astioihin, jotka sitten asetettiin bioturvallisuuskaappeihin.

Kun näytti siltä, että he olivat lopettamassa, Miller kysyi: "Äh, mitä tiedätte tähän mennessä?".

"Kiitos kun odotitte", Patterson sanoi. "Nenän ja suun ympärillä olevien mustelmien ja silmien verestyksen perusteella tukehtumiskuolema on erittäin todennäköinen. Meidän on kuitenkin odotettava verinäytteiden tuloa laboratoriosta, jotta voimme vahvistaa sen."

"Hän oli siis kuollut, ennen kuin hänet leikattiin kahtia?"

"Sanoisin niin", Patterson vahvisti.

"Tunnen tämän miehen", Levesque sanoi ja melkein läikytti teekuppinsa, jonka hän nyt asetti reunalle.

Miller siirtyi lähemmäs. "Kuka hän on? Minäkin tunnistan hänet, kuten myös upseerini, mutta kukaan meistä ei muistanut, missä oli nähnyt hänet."

"Hänen nimensä on Mark Wheeler. Olemme tutkineet häntä ja hänen kumppaneitaan huumekaupassa. Hän on miljardöörin ja mediamagnaatin F. D. Wheelerin poika."

Miller muisti nyt; hän oli tavannut sekä isän että pojan varainkeruutilaisuuksissa. "Sanooko nimi Jennifer Walker sinulle mitään?"

"Kyllä, hän oli hänen viimeisin valloituksensa - hänen pikku sivuhankintansa. Mitä hänelle tapahtui?"

"Löysimme hänet tuollaisena hänen talostaan, ja nainen on kadonnut."

"Onko hän epäilty?"

"Ehdottomasti. Ja kuulkaa tämä, hänen ruumiinsa oli leikattu kahtia sahalla. Sijoitettuna sängyssä, aivan kuin hän olisi istunut itsensä vieressä."

"Kuulostaa lausunnolta."

"Kenen antama lausunto? Ja kenelle?"

"Sitä en tiedä", Levesque sanoi.

Miller lisäsi. "Jennifer Walkerilla oli pieni tyttö; tiesitkö sen?"

"En tiennyt. Onko hänkin kateissa?"

"Ei, hän on turvassa, mutta hänen äidistään ei ole jälkeäkään. Ja se talo oli sekaisin. Hän ei voi palata sinne."

Levesque nousi seisomaan. "Olen pahoillani, mutta he odottavat minua hautaustoimistossa. Jos keksin jotain, mikä auttaisi, ilmoitan sinulle. Kiitos ystävällisistä sanoistanne ja teekupista." Hän heitti tyhjän kupin roskikseen ja poistui huoneesta.

Patterson näki Levesquen lähtevän ja sanoi: "Soitan teille, kun tiedämme jotain varmaa. Ei kannata jäädä tänne. Joistakin asioista kestää päiviä ennen kuin laboratorio saa tulokset, toisista ehkä tunteja, jos olemme onnekkaita."

"Kiitos."

Miller palasi asemalle ja napsautti Mark Wheelerin nimen tietokantaan. Hänestä oli paljon tietoa, sekä hyvää että huonoa. Enimmäkseen huonoa, sillä hän oli hyvin mukana huumepelissä. Hän käytti iltapäivän raporttien täyttämiseen ja lähetti pari konstaapelia ilmoittamaan asiasta lähiomaisille.

Miller puuhasteli asemalla ja tarkisti, missä häntä tarvittiin, kun useita tunteja myöhemmin Patterson soitti. "Tulokset tulivat juuri: kuolinsyy oli tukehtuminen. Olin oikeassa - hän oli kuollut, kun hänet leikattiin kahtia."

KAPPALE 26

KOTI SULOINEN KOTI

KELLO OLI MELKEIN KESKIYÖ. Talossa oli hiljaista lukuun ottamatta yhtä ääntä, Aben paljaiden jalkojen koputusta kovapuulattialla, kun hän käveli edestakaisin. Hän oli enimmäkseen pukeutunut, lukuun ottamatta sukkia ja kenkiä. Hän huokaisi, laittoi kädet selkänsä taakse ja käveli. Sitten hän kääntyi ja käveli vastakkaiseen suuntaan.

El oli yöpaidassaan ja taputteli kylmää voidetta poskilleen ja otsalleen. Hän kohotti tyynynsä ylös ja otti yöpöydältä Mary Oliverin runokirjan ja alkoi lukea. Vaikka Mary oli hänen lempirunoilijansa, El ei yksinkertaisesti pystynyt keskittymään sanoihin tai rivien rytmiin.

Hän sulki kirjan, veti peiton ylös ja katseli, miten hänen miehensä käveli ylös ja alas. Lopulta hän kysyi: "Mikä hätänä, rakkaani?"

Abe pysähtyi hetkeksi, mutta jatkoi sitten taas kulkemista.

"Kerro minulle. Tiedät, mitä sanotaan jaetusta ongelmasta."

"En voi."

El käänsi sängyn alas ja astui tossuihinsa. Hän johti Abea kädestä pitäen ja laski tämän sängyn puolen päähän. Hän polvistui, kehtasi miehen pään käsiensä välissä ja jatkoi sitten miehen ohimoiden hieromista. Abe vastusti aluksi, lähinnä siksi, että hän oli yliväsynyt, mutta pian hänen hengityksensä rauhoittui. Abe avasi miehen napit ja riisui hänen paitansa ja korvasi sen sitten hänen yöpaidallaan. Hän yritti avata miehen housut.

"Voin tehdä loput itse", Abe sanoi, kun hän avasi housunsa ja veti alushousunsa alas.

El poimi likaiset vaatteet ja laittoi ne pyykkikoriin. Kun hän palasi, Abe seisoi kuin pikkupoika odottamassa, että äiti peittelisi hänet sänkyyn.

"Kuten haluat", Abe sanoi ja johti häntä kädestä pitäen, pörrötti tyynyn ja laittoi hänet peiton alle.

"Kiitos, kulta", Abe sanoi haukotellen.

El palasi omalle puolelleen sänkyä ja riisui tossunsa. Hän liukui peiton alle, tai yritti, mutta kuten aina, hänen miehensä keräsi suurimman osan lämmöstä.

Hän siirsi hiljaa tyynyään, yritti asettua uudelleen, mutta ei pystynyt. Sen sijaan hän kuunteli miehen hengityksen muuttumista, ja sitten hän tiesi, että mies nukkui syvään.

Kuunvalo tuli sisään verhojen läpi ja heitti maagisen varjon hänen puolelleen sänkyä. Hän torkahti muistellen päivää, jolloin hän tapasi miehensä ensimmäistä kertaa.

Hän ja hänen isänsä työskentelivät perheyrityksessä. He myivät kankaita kaikkialta maailmasta ja kaikkia ompeluun liittyviä tarvikkeita, joita he saivat käsiinsä. Hänen isänsä oli ylpeä siitä, että hän myi uusimpia ja ajanmukaisimpia ompelukoneita. Hänen äitinsä, josta hänellä ei ollut mitään muistoja, oli ollut liikkeen innoittaja. Hänen äitinsä oli kuollut synnyttäessään hänen siskoaan.

Kun he aloittivat liikkeen, hän ja hänen isänsä tekivät suurimman osan työstä. Hänen siskonsa auttoi, kun pystyi. Heidän myydyimpiä ja halutuimpia kankaita olivat Aasiasta ja Euroopasta tuodut kankaat.

Sitten eräänä päivänä sisään tuli kangasmyyjä: Abe. Hänen isänsä oli tavannut hänet New Yorkissa pidetyssä ostokonferenssissa. Hän kehui nuorta miestä ja sanoi, että tämä oli syntynyt "kankaiden kosketuksen tekijäksi".

"Poika on taitava", isä sanoi. "Jumalalta saatu lahja tuntea laatu ja tunnistaa trendit ennen kuin niistä tulee trendejä kangasteollisuudessa."

"Miksemme palkkaa häntä, isä?" El kysyi.

"En usko, että meillä on varaa häneen. Mutta olen kutsunut hänet mukaan päivälliselle. Voit valmistaa erikoista paistettua kanaa, keksejä ja perunamuusia. Voimme selvittää, onko tie miehen sydämeen todella hänen ruokkimisensa kautta."

Hän nauroi, mutta oli innoissaan tämän uuden miehen tapaamisesta. Tämän Aben, jolla oli lahja.

Samana iltapäivänä mies saapui kauppaan. Hän epäili, että se oli mies, melkein heti. Hän oli hieman yli kaksimetrinen, pukeutunut harmaaseen pukuun, joka liikkui hänen päällään kuin toinen ihokerros. Hänen vaaleat hiuksensa olivat liukuvärjätyt, siistit, eikä niissä ollut liikaa öljyä. Häntä veti puoleensa kuin mehiläinen basilikaa, kun hän katseli, kuinka mies ajoi sormillaan läpi kalliimpia tuontikankaita.

Hänen isänsä käveli myymälän poikki häntä vastaan. "Tervetuloa, Abraham", hän sanoi, kun he kättelivät. "Tässä on tyttäreni El."

"Minua kutsutaan mieluummin Abeksi", nuori mies sanoi.

El punastui, hän ei ollut koskaan ennen kuullut kenenkään olevan eri mieltä isänsä kanssa. Vielä tänäänkin, kun hän ajatteli tuota hetkeä, hänen poskensa lämpenivät.

Sitten oli muitakin hetkiä. Voimakkaampi hetki, jolloin hän sai käsivarsilleen kananlihaa. Se oli maaginen yhteys. He olivat luodut toisilleen. Häälahjaksi hänen isänsä antoi heille kaupan.

Kaksi vuotta myöhemmin hänen isänsä kuoli, ja hänen siskonsa muutti pois perustamaan perheen miehensä kanssa. Sillä välin hän ja Abe pitivät liikettä yllä hyvin vaikeina aikoina.

El, joka oli aina halunnut lapsia, ei pystynyt tulemaan raskaaksi. Testien jälkeen varmistui, ettei hän voinut tulla raskaaksi. Hän pelkäsi tuottavansa pettymyksen Abelle, mutta Abe ei välittänyt siitä - tai jos välittikin, hän ei kertonut siitä Elille. Yrityksestä tuli heidän lapsensa.

Sitten, kun he olivat olleet naimisissa yhdeksäntoista vuotta, kauppaan astui nuori poika. Abe katseli rähjäisen näköistä nuorukaista odottaen tämän varastavan jotain ja valmiina soittamaan poliisille.

El huomautti: "Katso, hänkin koskettaa kankaita."

He lähestyivät poikaa, joka purskahti heti itkuun.

"Haluaisitko kupin kaakaota?" El kysyi.

Poika nyökkäsi ja seurasi häntä keittiöön, Abe perässä. El keitti pojalle kupin kuumaa kaakaota ja kaksi siivua voilla paistettua paahtoleipää, ja he istuutuivat yhdessä pöytään.

Poika ojensi leipäviipaleen, katsoi sitten likaisia käsiään ja piilotti ne.

"Kylpyhuone on käytävän päässä", El sanoi. "Voit virkistäytyä siellä."

Kun hän oli poissa, Abe sanoi: "Toivottavasti et ole purrut enemmän kuin voit pureskella, kulta. On selvää, että hän on pakomatkalla. Hän haisee ja - eikö meidän pitäisi soittaa poliisille ja antaa heidän selvittää, kuka hän on?"

"Hän on pieni ja vaaraton. Katsotaan, haluaako hän ensin kertoa meille ahdingostaan. Me voimme ehkä auttaa."

"Kuten haluatte", Abe sanoi, kun poika palasi puhtaat kädet ja säihkyvän puhtaat kasvot yllään.

Hän söi ensin paahtoleivän, puhalsi sitten kuumaan kaakaoon ja joi sen alas. "Kiitos."

"Eipä kestä", El sanoi. "Haluatko, että soitamme jollekulle, joka tulisi hakemaan sinut? Äitisi tai isäsi?"

Hän purskahti kyyneliin. "He ovat kuolleet."

El meni hänen luokseen ja heitti kätensä hänen ympärilleen, kun hän selitti auto-onnettomuudesta, sijaishuollosta ja kaikesta pahasta, mitä hänelle oli tapahtunut. Ennen kaikkea siitä, kuinka hän ei voinut palata takaisin.

"Minulla on ystävä poliisilaitoksella", Abe sanoi. "Hän voi ehkä auttaa."

El piti poikaa sylissään, kun he odottivat Aben ystävää. "Hän on kiltti mies", hän sanoi. "Hän tietää, mitä tehdä." Poika halasi häntä.

Ylikonstaapeli Miller saapui joskus myöhemmin, ja silloin El oli jo tarjonnut pojalle varahuonetta, kunnes jotain pysyvämpää saataisiin järjestettyä. Näin heistä tuli perhe.

Nyt he kaikki olivat riippuvaisia toisistaan, eikä kauppa enää myynyt kankaita. Silti hänellä oli elämässään kaksi kankaankosketustaitoista ihmistä, ja kuka tietää, milloin heidän kykyjään saatettaisiin tarvita uudelleen. Hän tiesi, että kaikki oli syklistä.

El katsoi alas nukkuvaan mieheensä. Hän suuteli sormeaan ja painoi sen miehen otsalle varoen herättämästä häntä. Hän hymyili, juuri kun Katie päästi huudon käytävällä.

KAPPALE 27

KATIE

"Katie", ääni kuiskasi. "Katie."

"Äiti, missä sinä olet?"

Pikkutyttö hieroi silmiään, eikä aluksi muistanut, missä hän oli. Hän heitti peitot takaisin ja astui kylmälle lattialle. Sitten säntäsi huoneen toiselle puolelle ja sytytti valon. Nyt hän kulki kohti ikkunaa, jossa verhot heiluivat.

"Äiti, oletko se sinä?"

Ikkunan alla lattiassa oleva tuuletusaukko ja siitä säteilevä lämpö vetivät häntä puoleensa kuin magneetti. Kun hän astui tuuletusaukkoon, hänen yöpaitansa paisui hänen ympärillään ja täyttyi lämmöstä.

"Katie", ääni kuiskasi taas. "Missä olet, Katie?"

"Olen tulossa, äiti", Katie sanoi ja yritti katsoa ulos ikkunasta, mutta se oli liian korkealla, jotta hän yltäisi siihen.

"Minä odotan sinua", hänen äitinsä sanoi. "Minä odotan, täällä."

Lapsi etsi kiihkeästi jotain, jonka päälle seistä. Hän otti pöydältä maljakon, jossa oli auringonkukkia, ja raahasi sen ikkunan alle. Työnsi sängyn viereen. Seisoi ensin sängyllä, sitten jakkaralla. Erotti verhot. Alla olevalla kadulla oli pilkkopimeää, lukuun ottamatta katuvalojen loistetta.

"Äiti!" hän huusi yrittäen avata ikkunaa. Kun hän ei yltänyt ylimpään lukkoon, hän kurotti nyrkkinsä yhteen ja hakkasi lasia.

"Katie", äiti kuiskasi. "Katie."

"Odota, äiti, ole kiltti ja odota minua."

Hän astui pöydältä, sängylle, lattialle ja meni kirjahyllylle. Hän nosti kahdella kädellä A-kirjaimen muotoisen kirjatelineen. Hän asetti sen sängylle ja kiipesi samalla sängyn päälle. Sitten hän asetti sen pöydälle samalla, kun hän kiipesi sen päälle. Hän nosti A-kirjaimen ja heitti sen lasia kohti.

Lasi pirstoutui sekä sisään että ulos, ja sirpaleet osuivat häneen ja häntä ympäröivään alueeseen.

"Äiti!" hän huusi.

Hän nukkui yhä vapisten ja katseli ulos särkyneestä ikkunasta.

KAPPALE 28

EL JA KATIE

E L JA PIAN BENJAMIN kulkivat käytävää pitkin pikku Katien huoneeseen. Kun he löysivät hänet, kuun valaisemana, pallona lattialla lähellä kaatunutta pöytää. Hänen vaaleat hiuksensa ja yöpaitansa liikkuivat yhdessä kuin ikkunasta puhaltava tuulahdus olisi ollut yhtä pienen tytön hengityksen kanssa. He huomasivat veren kerääntyvän hänen ympärilleen. Kuin aave, joka nousee yössä, tyttö nousi ylös ja huusi: "Äiti!".

"Varovasti, älä herätä häntä", El kuiskasi.

He katselivat, kun verhojen jänteet leijailivat häntä kohti. Hänen ilmeensä, tyhjä katse tyhjyyteen pelotti Benjaminia. Muutamaksi sekunniksi hän unohti hengittää.

Kuun varjo ajelehti hänen ylitseen. Se korosti hänen vammojaan. Oli kuin hän olisi ollut saarella, lasin ympäröimänä.

Benjamin työntyi ohi: "Pysähdy, älä liiku", El kuiskasi, mutta hän ei kuunnellut. Hän pyyhkäisi lattian poikki ja veti Katien syliinsä. Katien vartalo veltostui. Hän seisoi siinä odottamassa, kykenemättä liikkumaan pelosta kuiskaten Katin nimeä.

El palasi kantaen ensiapupakkausta.

Hän asetti Katien sängylle.

"Laita minulle lämmintä vettä kulhoon." Hän ei liikkunut. "Benjamin, lämmintä vettä. Ja kasvoliina ja pyyhkeitä."

Hän nyökkäsi ja poistui huoneesta, kun El arvioi tilannetta. Hän kouluttautui sairaanhoitajaksi kauan, kauan sitten, ennen kuin hän tapasi Aben. Hän toivoi muistavansa, mitä piti tehdä.

Veripisaroiden ääni, joka tippui puhtaille valkoisille lakanoille, sai hänet pois ajatuksistaan. Hän ryhtyi hoitamaan haavoja käyttämällä pinsettejä pienten sirpaleiden poistamiseksi. Katie nukkui edelleen.

"Hän varmaan käveli unissakävellen", Benjamin kuiskasi.

"Pidä häntä paikallaan, jotta voin tarkistaa lasinsirut ja poistaa ne."

"Pitäisikö meidän soittaa hätänumeroon?"

"Enpä usko", El sanoi, "luulen, että pärjäämme kyllä." Hän jatkoi, kunnes kaikki haavat oli desinfioitu ja kääritty.

Katie vinkui, mutta ei herännyt.

KAPPALE 29

RIKOTTU LASI

"Hänet on käännettävä kyljelleen, nyt", El sanoi.

Benjamin nosti Katien kyljelleen, kun El tutki hänen jalkojaan. Vain muutama lasinsirpale oli murtautunut Katien jalkojen pinnan läpi. Suurin osa oli vain tarttunut ihoon lähelle pintaa ja helppo saada pois.

Hänen hengityksensä kiihtyi useaan otteeseen, mutta hän ei avannut silmiään. El laittoi lämpimän liinan Katien jalkojen päälle ja kääri ne nyt, kun verenvuoto oli tyrehtynyt. Sitten hän kohotti molemmat jalat tyynyn päälle.

"Jään tänne koko yöksi", El sanoi. "En halua ottaa riskiä, että jätän hänet yksin tai että herätän hänet, kun nousen sängystä."

Benjamin meni katsomaan rikkinäistä ikkunaa lähemmin. Ensin hän luuli, että joku oli yrittänyt murtautua sisään, mutta sitten hän näki lattialla olevan kirjatelineen. Hän nosti sen ja laittoi takaisin kirjahyllyyn. "Tulen kohta takaisin", hän sanoi.

Hän meni kellariin. Hän löysi muovilevyn, joka sopi naamiointiteipattavaksi ikkunan yli, kunnes se saatiin korjattua. Teipattuaan sen hän pyyhkäisi niin paljon lasia pois kuin pystyi.

Uupuneena hän löysi paikan sängyn päädystä ja nukahti.

Tuuli vihelsi silloin tällöin teipin raoista, mutta kukaan kolmesta nukkujasta ei herännyt siitä.

KAPPALE 30

HERÄÄ HERÄÄ

M AKUUHUONEEN IKKUNAN ULKOPUOLELLA LAULAVAN sinitiaisen ääni sai Aben avaamaan silmänsä. Hän haukotteli ja venytteli. Huomatessaan, ettei hänen vaimonsa ollut paikalla, hän kutsui tämän nimeä. Kun vaimo ei vastannut, hän huomasi, että hänen tossunsa olivat kadonneet. "El!" hän huusi kulkiessaan eteiseen.

Saapuessaan Katien huoneeseen hän pysähtyi ja katsoi sisään. El oli siellä, ja Benjamin oli myös.

"El?" hän kuiskasi; Katie ei herännyt.

Silloin hän kuuli viheltävän äänen, jota seurasi räpyttelyä. Hän käveli varpaillaan ikkunaa kohti tutkiakseen asiaa.

Verhot olivat vinossa ja lasi oli väliaikaisesti korjattu muovilla ja maalarinteipillä. Koska hän ei saanut siitä mitään tolkkua, hän poistui huoneesta, sulki oven takanaan ja meni keittiöön.

Aurinko oli nousemassa syvänsiniseltä taivaalta, kun hän täytti vedenkeittimen ja katseli uuden päivän alkamista. Nyt hänen tehtävälistallaan oli soittaa vakuutusyhtiölle, jotta he tulisivat arvioimaan vahingot, mutta ensin hänen oli selvitettävä, mitä tapahtui.

Hänen vatsansa murisi, joten hän laittoi kaksi viipaletta paahtoleipää sisään ja painoi vipua alas. Matkalla jääkaapille hän nappasi mukin ja lusikan. Kun vedenkeitin valmistui, hän otti jääkaapista maitoa ja voita ja työnsi teepussin mukiinsa. Hän kaatoi höyryävän kuuman veden joukkoon juuri kun leipä paahtui loppuun.

"Huomenta", Benjamin lörpötteli.

"Huomenta, poika", Abe sanoi.

Jotain Benjaminilta kuulumatonta.

"Istu nyt heti, kattila on kuuma ja kaadan sinulle kupin teetä."

Benjamin totteli puhumatta.

"Haluatko viipaleen paahtoleipää?"

Teini nyökkäsi.

Abe irrotti paahtoleipäviipaleet ja popsi alas yhden siivun, sitten toisen. Hän laittoi teepussin toiseen mukiin ja kaatoi vettä sekoittaen sitä, jotta se hauduttaisi supernopeasti.

Vanhempi mies tiesi, että aika oli tässä äärimmäisen tärkeää, muuten Benjamin nukahtaisi taas - ja sitten hän olisi hyödytön koko loppupäivän. Kun se oli valmis, Abe nosti teepussin pois mukista, lisäsi kaksi sokeria ja sen jälkeen tilkan maitoa.

Abe otti pojan kädet, jotka lepäsivät pöydällä, ja laski ne yksi kerrallaan kuuman teen mukiin. Hän katsoi, kun Benjamin haistoi höyryävän haudutuksen ja heräsi eloon, ennen kuin otti kulauksen.

Kun Abe näki pojan olevan nyt kunnolla hereillä, hän meni viimeistelemään paahtoleipää.

Abe seurasi, kuinka Benjamin muuttui ja palasi elävien maailmaan hieman enemmän minuutti minuutilta. Sillä välin hän joi teensä ja söi loput paahtoleivästään.

Kului hetkiä, jolloin aurinko tuli sisään ikkunasta ja tanssi nuoren miehen profiililla. Kun hän näytti siltä, että hän voisi jatkaa keskustelua, tai ehkä se oli toiveikasta ajattelua, Abe kysyi: "Aiotko kertoa minulle, mitä Katien huoneessa tapahtui viime yönä!"?

"En."

"No, en koskaan."

"En, ellet sitten kerro, mitä Katien kotona tapahtui eilen." "En, ellet sitten kerro, mitä Katien kotona tapahtui eilen."

"Ai, olet näköjään vielä hereillä enemmän kuin luulinkaan", Abe nauroi. "Mutta en voi."

"Ja miksi et?" Benjamin sanoi purraessaan paahtoleipää. Rapeus ja suolainen voi maistuivat niin hyvältä.

"Koska vanha ystäväni kersantti Miller vannoi minut vaitiolovelvolliseksi. Jos voisin kertoa sinulle, kertoisin. Nyt sinä kerrot minulle, mitä tuon ikkunan kanssa tapahtui. Minun on soitettava vakuutusyhtiölle, enkä voi tehdä sitä, ennen kuin kerrot, mitä tapahtui."

Benjamin jatkoi paahtoleipänsä syömistä.

"Haluatko siis pelata kysymyspeliä? Kysymys numero yksi, yrittikö joku murtautua sisään ja viedä lapsen?"

Benjamin, joka oli nyt saanut teensä ja paahtoleipänsä valmiiksi, nojautui tuolille ja laittoi kädet päänsä taakse.

"Luulen, että hän taisi kävellä unissaan. Nähdäkseni ikkunan rikkomisessa käytettiin kirjatukea. En tosin saa millään selvää, miksi. Missään ei ole mitään järkeä."

"Lapsiparka. Miksi et herättänyt minua?"

Benjamin nojautui kauemmas taaksepäin, niin että keittiötuolin etujalat kohosivat maasta. "Ylikonstaapeli Miller ei saisi koskaan tietää, että kerroit minulle mitään."

"Luottamus on luottamusta. Joko teet sen tai vannot sen. Tai sitten et. Riippuu siitä, millainen ihminen olet. Minä pidän sanani ja niin pitää myös ystäväni. Ylikonstaapeli Miller ja minä luotamme toisiimme, ja kuten sinä ja minä, me pidämme sanamme." Abe täytti kupin uudelleen teekannusta. "Rehellisesti sanottuna tiedän hyvin vähän. Hän jopa pakotti minut jäämään autoon, pois vaaran tieltä. Voin vain arvailla, mitä tiedän tuloista ja menoista, mutta en halua välittää väärää tietoa."

"Sinun on täytynyt nähdä tai kuulla jotakin", Benjamin sanoi, jota seurasi loriseva ääni. Hän tiesi, ettei Abella ollut aikomustakaan murtaa ystävänsä luottamusta, ja vaihtoi puheenaihetta.

"Kaikki tapahtui niin nopeasti Katien kanssa. Hän huusi ja me juoksimme sisään. Hänellä oli lasinsiruja jaloissaan. Ei sai ne ulos. En tiennyt, että hänellä oli sairaanhoitajan koulutus, ja siitä oli varmasti hyötyä. Hallitsimme tilanteen, eikä sinua kannattanut herättää."

"Oliko hän pahasti loukkaantunut? Näin verta lattialla."

"Ei vahvisti, että hänen vammansa olivat lieviä. Katie nukkui koko ajan, kun Ei veti lasinsiruja ulos pinseteillä ja vielä silloinkin, kun hän laittoi desinfiointiainetta haavoihin."

"Oletko huomannut", Abe sanoi, "että lapsi ei naura paljon? Hän kikattaa silloin tällöin, mutta hän ei naura niin kuin lapsen pitäisi nauraa."

"Jokainen on erilainen, ehkä hän on vain ujo."

"On myös surullisuutta. Tarkoitan hänen silmiensä takana. Jotain tuttua ja silti, vangitsevaa."

"En voi sanoa, että olisin huomannut mitään sellaista, oletko varma, ettet kuvittele sitä?"

"Näin tuon katseen kerran, kun tulit meille ensimmäistä kertaa", Abe tarjosi.

"Minäkö?"

"En ehkä pelkoa, ehkä surua tai murhetta, mutta se oli jatkuvaa, tuskaa, katumusta, laiminlyöntiä. Kaikki yhteen käärittynä. Se on yhä silmissäsi, mutta sielusi taivuttaa myös valovirtaa, joka peittää sen, mitä se sitten onkin. Olet löytänyt itsesi, voittanut sen, löytänyt oman totuutesi. Mutta pikku Katie tarvitsee parantamista, huolenpitoa, kuten minä huolehdin sinusta."

Benjamin laittoi toisen teepussin mukiinsa, sekoitti sitä muutaman kerran, otti sen sitten pois, lisäsi sokeria ja maitoa ja otti sitten kulauksen. "Hänellä ja Elillä on side."

"Siinä olet oikeassa, ja minun on parasta valmistautua avaamaan kauppa. Ilmoita, kun aamiainen on valmis", Abe sanoi laittaen astiansa tiskialtaaseen ja meni valmistautumaan töihin.

Perhehuoneessa Benjamin laittoi television päälle. Hän tunnisti heti Katien talon. Kameroita ja mediaa oli kaikkialla. Tontti oli eristetty keltaisella poliisinauhalla. Jotain pahaa oli tapahtunut siellä, sen hän jo tiesi. Nyt hän saisi tietää, mitä. Hän lisäsi äänenvoimakkuutta. Siirtyi lähemmäs.

Toimittaja, jolla oli laivastonsininen voimapuku ja tummansankaiset silmälasit, seisoi valkoisen pakettiauton vieressä, jossa oli paikallisen televisiokanavan nimikirjaimet.

"Tässä Carly Wright, raportoin Ontario Streetiltä, josta löydettiin hiljattain ruumis. Mies on tunnistettu Mark David Wheeleriksi. Hänen lähiomaisilleen on ilmoitettu. Poliisi etsii silminnäkijöitä, jotka näkivät hänen menevän tähän takanamme olevaan taloon, jonka asukkaat ovat Jennifer ja Katie Walker. (Hän piteli kahta valokuvaa.) Molemmat ovat kateissa ja heidät nähtiin viimeksi lähellä rantaviivaa perjantaiaamuna."

Hetkinen, Katien äidillä oli kuvassa vaaleat hiukset. Kun hän näki hänet, hänen hiuksensa olivat mustat - oliko hänellä peruukki päällään sinä päivänä rantakadulla? Ja jos kyllä, miksi?

Toimittaja jatkoi. "Mark Wheeler tulee tunnetusta perheestä tällä alueella. Perheestä, joka on vuosien varrella auttanut monia hyväntekeväisyysjärjestöjä. Yksityiskohdat hautajaisista ja vierailuista tulevat myöhemmin. Jos jollain on tietoa rouva Walkerista tai hänen tyttärestään, ottakaa yhteyttä paikalliseen poliisiin tai soittakaa minulle."

Hän kietoi kätensä ympärilleen ajatellen ruumista Katien talossa. Hänen koko kehonsa alkoi täristä. Saadakseen ajatuksensa pois uutisista hän meni takaisin keittiöön ja laittoi vedenkeittimen päälle. Kun se kiehui, hän katsoi ulos ikkunasta.

Auringonsäteet suutelivat jalkakäytävää, kun oravat nostelivat lehtiä ja linnut lensivät ruokintalaitteesta sisään ja ulos. Heillä ei ollut aavistustakaan, että oli tapahtunut murha tai että pieni tyttö oli herännyt huutaen ja lasinsirut ihossaan. Niiden elämä jatkui samalla tavalla riippumatta siitä, mitä ihmisille tapahtui niitä ruokkivissa taloissa.

Kun vedenkeitin vihelteli, hän sammutti polttimen, mutta ei keittänyt toista kupillista teetä. Sen sijaan hän jatkoi keittiön ikkunan ulkopuolisen normaalitilanteen tarkkailua, eikä ajatellut mitään muuta, ennen kuin hän ei enää tuntenut tarvetta vapista tai täristä.

KAPPALE 31

KATIE JA EL

"Äiti! Äiti!" Katie huusi silmät yhä kiinni.

Aamuauringon paistaessa sisään räpyttelevän muovin läpi El piteli Katieta sylissään. "Kaikki järjestyy, pikkuinen."

Katie avasi silmänsä - hän ei ollut kotona eikä omassa sängyssään. "Äiti!" hän huusi. "Missä äiti on?"

El päästi Katien irti, kun tämä vetäytyi pois.

Benjamin, joka oli kuullut Katien huudot, otti ohjat käsiinsä. "Katie, olet kunnossa ja kaikki etsivät äitiäsi. Muistatko Elin? Ja muistatko minut, Benjamin?"

Katie ojensi kätensä ja tarttui Benjaminin käteen, sitten Elin. Hän kehtasi niitä poskiaan vasten, kun kyyneleet valuivat alas, sitten hän huomasi siteet käsissään. Hän potkaisi peiton pois ja näki jalkojensa suojakääreet. "Mitä tapahtui?"

"Toivoimme, että voisit kertoa meille", Benjamin vastasi.

Katie potkaisi jalkojaan, kun hän ponnisteli irrottaakseen siteet. Kun ne irtosivat, hän yritti poistaa käsissään olevia. El tarttui hänen käsiinsä ja laittoi peitot takaisin hänen jalkojensa päälle ja hyräili rauhoittaakseen Katieta. Muutamassa minuutissa Katie oli lyyhistynyt hänen olkapäätään vasten ja lepäsi hiljaa.

Muutamaa hetkeä myöhemmin Katie sanoi: "Muistan kuulleeni äidin kutsuvan minua."

"Unessa?" Benjamin kysyi.

El silitti Katien hiukset tämän korvan taakse.

"Teinkö minä sen", pikkutyttö kysyi. "Rikottiinko minä ikkunan?"

"Hiljaa nyt, lapsi", El sanoi. "Benjamin korjasi sen, ja se on pian taas kunnossa. Sillä ei ole väliä, miten se rikottiin. Meille on tärkeää vain sinun turvallisuutesi. Ikkunat voidaan aina korjata."

"Mutta ei minua?" Katie kysyi.

El halasi häntä. "Olet täydellinen juuri sellaisena kuin olet."

Benjamin kysyi: "Muistatko mitään? Yhtään mitään siitä unesta?"

"Äiti kutsui minua, muuta en muista."

Kolmikko istui hiljaa. El mietti, mitä olisi voinut tapahtua. Benjamin ajatteli, kuinka iloinen hän oli siitä, ettei Eliä ollut viety tai satutettu pahasti. Katie mietti, missä hänen äitinsä oli ja mitä he söisivät aamiaiseksi.

"Minulla on nälkä", hän sanoi taputtaen murisevaa vatsaansa.

"Benjaminin sikailuseura palveluksessanne", hän sanoi.

Katie kietoi kätensä hänen kaulansa ympärille, piti tiukasti kiinni, ja he lähtivät keittiöön.

"Haluaisitko olla pikku pannukakkuapulaiseni?" El kysyi. Katie nyökkäsi ja hymyili; Benjamin löysi hänelle paikan työtasolta. "Se on salainen perheresepti", El sanoi, kun hän rikkoi kaksi munaa jauhoihin ja alkoi sekoittaa. Kun se oli valmista, hän kaatoi kauhalla taikinan kuumalle grillille. "Okei, aika kääntää ne. Näetkö, miten ne kuplivat?" Hän auttoi pientä tyttöä kääntämään pannukakut.

"Se on helpompaa kuin luulinkaan", Katie sanoi. "Etenkin, kun minulla on nämä isot uunikintaat."

"Oletko koskaan auttanut äitiäsi kokkaamaan?"

"Joskus, mutta hän ei koskaan antanut minun istua työtasolla tai kääntää pannukakkuja."

"Ruoanlaitto voi olla hauskaa."

"Ei sipulien pilkkominen - ne saavat minut itkemään, enkä myöskään pidä niiden mausta."

El nauroi. "Näytän sinulle joskus salaisuuden, miten ne leikataan veden alla, niin et itke." Sitten Benjaminille: "Melkein valmis, voitko kertoa Abelle?"

Katie nauroi. "Sipulien leikkaaminen kylpyammeessa? Se on hauskaa, El. Jalkani haisisivat."

"Ei, hassu. Tarkoitan lavuaarissa. Olet kuitenkin oikeassa, jos leikkaisit niitä kylpyammeessa, saisit varmasti haisevat jalat ja haisisi kaikki muukin."

Katie ja El kikattivat, kun he kattoivat yhdessä pöytää. Pian Benjamin ja Abe liittyivät heidän seuraansa. Kaikki söivät tarpeekseen, sitten Abe sanoi, että hänen oli palattava kauppaan.

"Minä siivoan", Benjamin sanoi. "Mutta siihen menisi puolet vähemmän aikaa, jos auttaisit minua."

"Asiakkaat voivat kai odottaa", Abe sanoi.

"Laitetaan sinut pukeutumaan", El sanoi Katille ja he lähtivät keittiöstä.

Kun he olivat poissa kuuloetäisyydellä, Benjamin sanoi: "Meidän on puhuttava, Abe."

✳✳✳

"M ITä NYT?" ABE KYSYI.

"Mies nimeltä Mark Wheeler löytyi kuolleena Katien talosta. Se oli uutisissa."

"Ah..."

"Eikö sinulla ole muuta sanottavaa?"

"Minun täytyy miettiä", Abe sanoi. "Voisin yhtä hyvin tehdä töitä sillä aikaa, kun me siivoamme."

Kun kaikki oli palannut paikoilleen, Benjamin meni olohuoneeseen ja napsautti television päälle.

"Parasta sulkea ovi", Abe sanoi, minkä Benjamin tekikin.

"Luulin, että sinun piti palata kauppaan."

"Niin onkin, mutta näin ohimennen, että uutiset olivat päällä. Hän siirtyi huoneen toiselle puolelle ja laittoi äänenvoimakkuuden kovemmalle.

"Olisin voinut tehdä sen tällä", Benjamin sanoi pitelemällä muunninta.

"Jo tehty", Abe sanoi ja istuutui.

Erilainen, Clark Kentiä muistuttava toimittaja seisoi Walkerin kiinteistön nurmikolla.

Hän sanoi: "Mark Wheelerin perhe tunnetaan hyvin tässä yhteisössä. Vuosien varrella heidän anteliaisuutensa on koskettanut ja parantanut monien elämää lahjoituksilla hyväntekeväisyysjärjestöille ja säätiöille. Väitteet yhteydestä huumeisiin ovat kuitenkin tutkinnan alla."

"Voi ei", Benjamin sanoi.

"Shhhh."

Toimittaja jatkoi. "Etsimme tämän takanani olevan talon asukkaita. Jennifer Walkeria ja hänen tytärtään Katie Walkeria." Hän piteli valokuvaa. "Jos joku on nähnyt Katien ja Jenniferin tai tietää jotain heidän olinpaikastaan, soittakaa meille tai ottakaa yhteyttä paikalliseen poliisiinne."

"Entä jos joku näki meidät ostoksilla Katien kanssa?"

"Shhh."

"Kaikki, joilla on tietoa Mark Wheeleristä, voivat soittaa luottamukselliseen vihjelinjaan. Numero on ruudun alareunassa." Hän piteli taas Jenniferin ja Katien kuvaa. "Meidän on ehdottomasti löydettävä nämä kaksi, ennen kuin heille tapahtuu mitään pahaa. Olkaa kilttejä, jos olette ulkona ja olette nähneet tai tiedätte jotain heidän olinpaikastaan - soittakaa poliisille. Mikä tahansa tieto voisi olla avuksi. Jopa tiedot, jotka tuntuvat teistä merkityksettömiltä, voivat antaa meille vihjeitä, jotta voimme auttaa heitä. Doug Falcon raportoi SJB TV:stä."

Abe ja Benjamin olivat muutaman minuutin ajan hiljaa. Sitten Benjamin muisti, että Katien äidillä oli tumma tukka sinä päivänä, kun hän oli nähnyt hänet, ja toimittajan pitelemässä valokuvassa hänellä oli vaaleat hiukset. Benjamin kertoi hänelle tämän muiston.

"Kyllä, se utelias naapuri, jonka kanssa puhuin, Judy Smith mainitsi peruukista."

"Tarkoitatko, että kerroit siitä jo ylikonstaapeli Millerille?"

"En kertonut, mutta minun olisi varmaan pitänyt."

"Sinun pitäisi ehdottomasti kertoa Millerille peruukista. Mutta entä jos joku tietää, että Katie on täällä kanssamme? Entä jos siksi ikkuna rikottiin eilen illalla? Katie sanoi kuulleensa äitinsä soittavan. Oliko hän ulkona kadulla, Katien huoneen alapuolella huutamassa häntä?"

Benjamin hyppäsi ylös.

"Lopeta", Abe sanoi. "Ensinnäkin, sanoit, että kirjannippua käytettiin ikkunan rikkomiseen sisäpuolelta. Katie näki luultavasti painajaista. Sitä paitsi ylikonstaapeli Miller tietää, että Katie on täällä kanssamme, eikä hän antaisi sen tiedon levitä kenellekään."

"Silti olemme vieneet häntä kaikkialle. Kauppaan, kahvilaan. Joku on varmasti huomannut sen. Hän on erikoisen näköinen lapsi."

"Istu sinä tähän, äläkä huolehdi. Soitan ylikonstaapeli Millerille, tai vielä parempi, piipahdan siellä ja puhun hänen kanssaan."

Hän suuntasi kohti ovea. "Pysy sillä välin sisällä ja käske Elin pitää kauppa tänään kiinni."

"Minkä syyn minun pitäisi antaa hänelle? Pitäisikö minun selittää kaikki, mitä olemme saaneet tietää Wheeleristä?"

"Ei missään nimessä. Varmista, että jos televisio on päällä Katien läsnä ollessa, se ei koskaan ole viritetty uutisiin."

"Selvä."

KAPPALE 32

POLIISIASEMALLA

ABE KÄVELI POLIISIASEMALLE, JOSSA oli meneillään lehdistötilaisuus. Ylikonstaapeli Miller oli johdossa. Miller seisoi pulpetin takana, kun mikrofoni oli nostettu hänen korkeudelleen. Toimittajien lauma työntyi sisään kameroiden kanssa. Eräs toimittaja huusi kysymyksen. Abe raivasi tiensä mediasirkuksen läpi päästäkseen portaita ylös ja rakennukseen. Hän inhosi väkijoukkoja, eikä hän halunnut olla keskellä tätä täydellistä kaaosta. Miller kuittasi Aben läsnäolon nyökkäämällä, kun hän pyyhkäisi ohi ja sisälle rakennukseen.

Toimittaja huusi: "Entä kadonnut lapsi? Onko hänestä mitään johtolankoja?"

Toinen toimittaja huudahti: "Mitä tiedätte pikkutytöstä ja hänen äidistään? Miten he olivat tekemisissä Wheelerin kanssa?"

Miller nosti kätensä ylös hiljentääkseen hillittömän kruunun. Kun he olivat rauhoittuneet, hän vastasi: "Yksi kysymys kerrallaan, kiitos. Ensinnäkin, lapsi on ilmoitettu kadonneeksi - hän ei ole kadonnut. Itse asiassa tiedämme, missä hän, missä Katie Walker on - hän on sijaishuollon turvassa."

Yleisön joukossa oleva nainen haukkoi henkeään. Muutaman sekunnin ajan vaalea nainen erottui muista. Hän katsoi hetken poispäin, ja nainen oli poissa.

"Onko lääkäri tutkinut Katie Walkerin?" toinen toimittaja kysyi.

"Kaikki aikanaan", Miller vastasi. "Tarvitsemme apuanne lapsen äidin löytämiseksi. Meillä ei ole yhtään johtolankaa."

Muistaen, että Katien äiti oli vaalea eikä tummahiuksinen, kuten alun perin kerrottiin - hän skannasi väkijoukon etsiessään naista, jonka hän oli nähnyt vilaukselta aiemmin. Ei sellaista onnea. Hän ei nähnyt naista missään.

"Otan vielä yhden viimeisen kysymyksen, älkääkä tuhlatko sitä kyselemällä, missä lapsi on, voin vain sanoa, että hän on turvassa ja voi hyvin." Hän valitsi seuraavan toimittajan kysymään kysymyksen: "Anna mennä, Maggie." Hän oli tuntenut Maggien paikallislehdestä jo vuosia. Hän ei ollut kuin muut. Hän oli oikea toimittaja.

"Huomenta, ylikonstaapeli Miller", Maggie sanoi.

Miller nyökkäsi.

Maggie kysyi: "Koska lapsi, Katie, on huostassa, miksi teillä kesti niin kauan mennä hänen kotiinsa tutkimaan asiaa?" Vaikka Maggie ei liikahtanutkaan, ympäröivät toimittajat liikahtivat. He tönivät ja tönivät, huutaen päästä lähemmäs.

"No Maggie", Miller sanoi. "Lapsi, tarkoitan Katie Walkeria, hylättiin Waterfrontille perjantaina. Hänen kotiosoitteensa tuli tietoisuuteemme vasta eilen."

"Ei pidä paikkaansa", toinen toimittaja huusi.

"Nyt riittää", Miller sanoi lyöden nyrkkinsä korokkeelle ja perääntyen mikrofonin luota.

Sama toimittaja huusi: "Puhuimme naapurin, neiti Judy Smithin kanssa. Hän vahvisti, että iäkäs mies oli käynyt talossa edellisenä päivänä. Sama mies, jonka hän näki eilen istuvan poliisiautossanne."

Miller jatkoi kävelemistä välittämättä hälinästä, onnellisena siitä, etteivät toimittajat olleet tarpeeksi älykkäitä yhdistämään kahta ja kahta, sillä mies, josta he puhuivat, oli juuri livahtanut heidän ohitseen ja sisälle rakennukseen.

Ennen kuin hän astui asemalle, hän kääntyi toimittajien puoleen. "Teillä oli kysymyksenne. Antakaa meidän nyt tehdä työmme, ja te teette omanne. Auttakaa meitä löytämään lapsen äiti. Kiitos ajastanne." Hän työntyi pyöröovien läpi ja meni toimistoonsa.

Abe, joka oli tehnyt olonsa kotoisaksi istumalla, nousi nyt kättelemään Milleriä. Abe sanoi: "Näimme Katien kuvan televisiossa ja kuulimme kuolleen miehen ruumiista. Mikä karmea löytö. Ei ihme, että olit niin hiljaa, kun ajoit minut kotiin."

"Kaikki virantoimituksessa", Miller sanoi. "Kahvia?" Abe kieltäytyi heilauttamalla kättään. Miller jatkoi: "Toimittajat kaipaavat tarinaa, mitä tahansa tarinaa. Et kuullut viimeistä kysymystä. Tuo nainen -

utelias naapurisi - mainitsi, että vierailit talossa ja olit risteilyautossani. Kun lähdet, meidän on varmistettava, että pääset kotiin niin, ettei kukaan seuraa sinua."

"Voi ei", Abe sanoi. Hän katsoi pöydän yli ystäväänsä. Hän näytti siltä kuin olisi vanhentunut viime päivinä. "Oletko nukkunut lainkaan? Näytät ihan kamalalta."

"Nukkunut? Mitä se on? Olen yrittänyt koota palasia yhteen, tämä on vaikea tapaus. Luulimme, että meillä oli johtolanka äidistä, mutta se ei toiminut. Aivan kuin hän olisi kadonnut jäljettömiin." Hänen puhelimensa soi. "Selvä, kiitos kun kerroit."

"Ei uusia johtolankoja?"

Miller kumartui lähemmäs. "Se oli kuolinsyyntutkija. Uusi ruumis. Ei tunnistusta, vielä."

"Mikä on sinun vaistosi? Onko hän Katien äiti?"

"En voi sanoa, koska en tiedä."

"Entä se kuollut mies, kuka hän oli? Tarkoitan, tiedän nimen. Hän liittyy huumeisiin. En voi uskoa, että yksikään äiti asettaisi lapsensa vaaraan sillä tavalla."

"Väitetysti. Kuka tietää, miksi ihmiset tekevät mitä tekevät? Kun olimme talossa, takan päällä oli kuva Katiesta ja Markista. Tuntuu oudolta, että äiti sallisi sen, jos hän aikoi tappaa poikaystävänsä." Hän piti tauon peläten sanovansa liikaa ja vaihtoi sitten puheenaihetta: "Mutta kyllä, hänen sormenjälkensä sytyttivät järjestelmän. Se on motiivi, jota me venytämme löytääkseen."

"Motiivia, kuten mafian isku?"

"Äh, älä anna mielikuvituksesi karata", Miller sanoi. "Mitä motiiviin tulee, sitä en tiedä." Ylikonstaapeli Miller nosti puhelimen luurin. Kun vastaanottovirkailija vastasi, hän sanoi: "Kyllä, minun on saatettava siviili ulos rakennuksesta." Hän kuunteli ja vastasi sitten: "Kyllä, takaovesta. Varmista, ettei häntä seurata."

Abe nousi seisomaan: "Rakas ystäväni, sinä tulet mukaani. Vaimosi ja lapsesi kaipaavat sinua, ja sinun täytyy nukkua."

Kersantti Miller oli periaatteessa samaa mieltä Aben kanssa, mutta hänellä oli liikaa tekemistä. Silti hän käytti aikaa varmistaakseen, että hänen ystävänsä oli turvallisesti poistunut rakennuksesta ja matkalla kotiin.

"Reitti on selvä", kuljettaja sanoi. Miller sulki Aben auton oven, katseli, kunnes auto oli poissa näkyvistä, ja palasi sitten toimistoonsa.

KAPPALE 33

BLONDIN
TAKAISINKUVAUS

OLI HIENO SUNNUNTAI-ILTAPäivä, JA perheet kuljeskelivat ympäriinsä. Monet olivat piknikillä, toiset kuntoilivat tai loikoilivat lähellä rantaviivaa. Ilma tuoksui makealta, kuten kevään muuttuessa kesäksi. Lintujen sirkutusta ja lentelyä näkyi melkein jokaisessa puussa.

Taksin takapenkillä eräs nainen tarkkaili kaupungin toimintaa. Hän toivoi, että hänelläkin olisi tarpeeksi rahaa asua täällä. Nyt punaisiin valoihin pysähtyneenä hän tarkkaili perhettä, joka heitteli frisbeetä edestakaisin. Kun valo vaihtui ja auto jatkoi matkaansa, hän jatkoi katselua, kunnes ei enää nähnyt heitä.

Mielessään hän kävi läpi, mitä hän sanoisi siskolleen. Hän oli pyytänyt rahaa ennenkin, ja sisko oli antanut sitä - mutta vastahakoisesti. Lähinnä siksi, että hän tiesi, mihin rahat menisivät, eli maksamaan huumevelkojaan. Hänen isosiskonsa antaisi lopulta periksi. Silti hän inhosi sitä, että joutui pyytämään.

Varsinkin henkilökohtaisesti. Hän toivoi näkevänsä pikku-Katien vilahduksen siellä ollessaan, ehkä jopa esittelyn. Nyt kun Katie oli seitsemän, ehkä hän jopa muistaisi hänet.

Kuljettaja vilkaisi kerran tai kaksi häntä taustapeilistä. Hän oikaisi peilipäisiä aurinkolasejaan ja pyyhki huomaamattomasti kyyneleen pois.

"Mitä sinä tuijotat?" hän kysyi.

"En mitään", mies vastasi ja kääntyi Ontariokadulle. "Mitä numeroa etsitkään?" "En mitään", mies vastasi.

Se oli talo, jota ympäröi poliisinauha, ja joka puolella oli risteilyautoja.

"Aja eteenpäin!" hän käski. "Aja eteenpäin!"

"Okei, mutta minne nyt, rouva?" hän sanoi tehden U-käännöksen.

"Aja vain, anna minun miettiä!" nainen huudahti. Hän kaivoi puhelimensa ruskeasta laukustaan ja painoi pikavalintaa. Se soi ja soi ja soi. Hän katkaisi yhteyden ja kaivoi kyntensä käsinojaan. Hän veti syvään henkeä ja painoi toista numeroa pikavalinnassa. Ensimmäisen numeron tavoin siihen ei vastattu.

"Rouva, minun on tiedettävä, minne olen menossa."

Hän huusi: "Aja vain, kunnes käsken pysähtyä."

"Hyvä on, rouva, sinä olet pomo." Hän ajoi eteenpäin päämäärättömästi, pysähtyen ja lähti liikkeelle, kun valot vaihtuivat vihreästä punaisiin. "Ajetaan maisemareittiä."

He ajoivat takaisin Ontariojärven rantaa pitkin. Kun hän näki rahamittarin ja nousevan hinnan, hän tarkisti kukkarostaan käteistä. Hänen luottokorttinsa oli jo käytetty loppuun. "Missä on poliisiasema?" hän kysyi.

"Muutaman korttelin päässä."

"Vie minut sinne", hän sanoi. Matkalla hän mietti, mitä sanoa, mitä kertoa itsestään. Hän huomasi väkijoukon tukkivan aseman edustan koko ajan miettien, liittyikö tämä jotenkin hänen siskonsa taloon.

"Päästäkää minut vain ulos, tuonne", hän vaati ojentaen kuljettajalle kourallisen kolikoita ja muutaman rypistetyn setelin.

Hän litisti mekkonsa etuosaa, joka nyt takertui häneen staattisesti. Takanaan hän kuuli siskonsa ja Katien nimen. Hän työntyi eteenpäin odottaen, mitä mies korokkeella sanoisi.

Kun mies paljasti, että hänen tyttärensä oli kunnossa ja sijaisperheessä, hän melkein pyörtyi. Hän hengitti muutaman kerran syvään ja poistui paikalta, omassa mielessään onnellisena siitä, että hänen tyttärensä oli kunnossa. Kysymys hänen siskonsa katoamisesta, no, se kaikki selviäisi aikanaan.

Hän jatkoi kävelyä vastakkaiseen suuntaan, johon oli tullut. Hänellä oli viiden tuuman korkokengät jalassaan, joten hän ei ollut varautunut pitkiin kävelyretkiin missään. Tuuli hyväili hänen paljaita käsivarsiaan, ja hän oli iloinen, ettei tänä iltana ollut ainakaan sateen mahdollisuutta.

Lähistöllä höyryävän kuumien hampurilaisten, makeiden sipulien ja rasvaisten ranskalaisten haju   sai   hänen   vatsansa   murisemaan.

Täydellistä krapularuokaa. Käytännöllisesti katsoen pennittömänä nyt kaloreiden sisäänhengityksen täytyisi riittää. Harhautuakseen hän yritti palauttaa mieleensä niiden numerot, joiden hän arveli voivan auttaa häntä, mutta tulos oli sama.

Kaksi ovea alempana hän löysi käytetyn säästöliikkeen. Ikkunassa oli vaalea tyttö, joka näytti olevan pukeutunut juhlia varten. Hän katsoi mallinuken kasvoja ja kuvitteli, miltä hänen pieni tyttönsä näyttäisi nyt. Siitä oli vuosia, kun hän oli nähnyt tytöstä kuvan.

Hän oli estänyt sen - kuten hän aina teki, kun asiat kävivät hänelle liian raskaiksi. "Jaottele." Niin hänen psykiatrinsa aina käski häntä tekemään. Mutta talo... hän oli nähnyt sen, eristettynä keltaisella teipillä - poliisin teipillä - kuten CSI:ssä tai Murder She Wrote -ohjelmassa. Se oli hänen siskonsa talo. Hänen siskonsa, joka oli hänen lapsensa äiti. Lapsen, josta kukaan ei tiennyt.

Muutamaa ovea alempana oli kokoontunut väkijoukko. Hän liittyi heihin ja näki uutisohjelman tekstityksin. Kuva hänen siskostaan ja tyttärestään otsikon "Kadonneet henkilöt" alla. Sitten kuva Mark Wheeleristä otsikolla "Murhattu, huumekytkökset".

Nämä kaksi tapausta liittyivät toisiinsa. Nyt hänen polvensa todella pettivät, ja hän liukastui jalkakäytävälle.

"Olen kunnossa", hän sanoi, kun tuntemattomat auttoivat hänet taas jaloilleen. Hän kiitti heitä ja horjui nilkkojaan horjuttaen pois.

Hän oli kuullut tästä Mark Wheeleristä huumemaailman kautta. Nyt hän oli kuollut. Miten hänen siskonsa oli ollut yhteydessä häneen? Oliko hän itse yhteys? Hän oli heille rahaa velkaa. Hän sanoi maksavansa sen takaisin. Se ei ollut edes niin paljon. Hänen siskonsa oli maksanut huumevelkansa takaisin kerran, kahdesti - hän ei enää muistanut, kuinka monta kertaa. He eivät varmasti olisi menneet hänen siskonsa perään. Onneksi he eivät tienneet, että Katie oli hänen. Jos he eivät tienneet, miten Wheeler oli sitten päätynyt kuolleeksi? Oliko tuo yhteys tuonut roistoja hänen siskonsa kotiin?

Hän yritti olla ajattelematta sitä ja kompuroi ties minne. Kännissä, osittain hourailussa, hän muisti päivän, jolloin Katelyn oli syntynyt. Hän oli nuori, seitsemäntoista, liian nuori ollakseen äiti, ja silti, kun hän näki tyttärensä ensimmäistä kertaa, hän tunsi kaikki ne äidilliset tunteet, joita äidin pitäisi tuntea.

Seitsemäntoista oli tarpeeksi vanha synnyttämään lapsen ja herättämään äidinvaistot, mutta ei tarpeeksi vakuuttamaan häntä pitämään vastasyntynyttä. Kasvattaa hänet. Mutta, oi, nuo pienet kasvot. Hänen tuoksunsa. Vaaleanpunaisen tuoksu. Hän piteli puhelintaan sylissään astuessaan eteenpäin.

Kyynelehtivin silmin hän käski itseään toipumaan siitä. Hän oli tehnyt Katelynille silloin parhaan teon antamalla hänet isosiskolleen kasvatettavaksi.

Eksyneenä, ilman paikkaa, jonne mennä, ilman ketään, jolle puhua, hän syytti itseään siitä, että oli tullut kaupunkiin. Koska hän oli narkomaani. Siitä, että meni siskonsa luokse. Kaikesta - koko pirun sotkusta.

Mies, joka haisi yhtä pahalta kuin näytti, törmäsi häneen.

"Varo!" hän huudahti ja sai miesparan purskahtamaan itkuun. Hän kurottautui käsilaukkunsa pohjalle, löysi sieltä muutaman harhailevan kolikon ja kurkkupastillin ja antoi ne miehen käteen.

"Minä kiitän sinua", mies huitoi edestakaisin. Hän puhalsi pastilliin ja pisti sen suuhunsa ja kysyi sitten: "Oletteko eksynyt?".

"Olen uusi kaupungissa", hän sanoi. "Onko täällä mitään nähtävyyksiä?"

Mies pani kätensä leukaansa vasten katsellessaan tyttöä. "Tuolla ylhäällä on kuuluisa Viadukti, jatka matkaa, et voi olla huomaamatta sitä. Sieltä on upeat näkymät."

"Kiitos", hän sanoi kävellessään pois.

Odottaen maamerkin näkemistä hän avasi käsilaukkunsa. Hän veti savukkeen askista ja sytytti sen. Pitkä veto auttoi helpottamaan hänen mieltään. Hän mietti, mitä hänen pitäisi tehdä, mutta vastauksia ei tullut.

$$***$$

KATIEN BIOLOGINEN ÄITI OLI pysähtynyt lepuuttamaan jalkojaan. Itse puisto oli täysin aktiivinen, ja lapset ja koirat juoksentelivat ympäriinsä. Katie halusi toisen savukkeen, mutta ei sytyttänyt sitä. Sen sijaan hän kuunteli naurua. Sillä todellisuudessa hänellä ei ollut paikkaa, minne mennä.

Hänen puhelimensa värähteli; se oli Anson. "Missä olet?" hän kysyi.

"Olen lähellä siskoni asuntoa, mutta hän ei ole kotona."

"No, minulla on tilauksesi valmiina. Ensin sinun on maksettava velkasi. Milloin palaat hakemaan sen? En voi pitää sitä täällä liian kauan. Jos et pysty maksamaan, minun on myytävä se jollekin toiselle. Minulla on jonotuslista."

"En pääse heti takaisin, mutta tarvitsen sitä. Voisitko tulla hakemaan minut? Maksan sinulle takaisin. Tekisin mitä tahansa."

Splat! Lapsen, pienen pojan pallo pomppi ja osui hänen kengänvarpaaseen. Hän potkaisi sen takaisin pojalle.

"Kiitos, rouva", hän sanoi.

"En voi tulla hakemaan sinua. Tämä ei ole mikään taksipalvelu", linja naksahti ja sammui toisessa päässä.

Anson oli hänen viimeinen toivonsa päästä takaisin. Hän menettäisi itsensä ja kaiken, mitä ajatteli. Yksi isku ja kaikki olisi poissa - jokainen ajatus - jokainen tunne - vaikka vain hetkeksi.

"Tule tänne alas!" hänen äitinsä huusi. "Senkin likainen pikku lutka!"

Siitä oli vuosia, mutta se toistui hänen mielessään kuin se tapahtuisi nyt. Hän pystyi jopa haistamaan äitinsä hajun, joka oli yhdistelmä talkkia ja Jack Danielsia.

Hänen siskonsa oli ollut hänelle enemmän äiti kuin äiti. Heidän isänsä oli häipynyt heti hänen tultuaan maailmaan, ja äiti oli aina syyttänyt häntä hänen lähdöstään.

"Sinä ajoit hänet pois!" äiti huusi.

Ja hänen äitinsä toi miehiä kotiin. Miehiä, jotka auttoivat häntä maksamaan vuokran ja laittamaan ruokaa pöytään. Miehiä, jotka olivat hirviöitä. Hirviöitä, joilta hänen äitinsä olisi pitänyt suojella tytärtään.

Hän huokaisi. Vuosien terapia oli antanut hänelle mahdollisuuden antaa anteeksi äidilleen. Hyväksyä, että hän oli tehnyt parhaansa olosuhteisiin nähden.

Siinä se oli: Viadukti.

Hän vapisi, se oli huomattavan korkealla - mutta kyllä, koditon mies oli sanonut, että näkymä sieltä ylhäältä oli varmasti kiipeämisen arvoinen. Mutta kengät hänen jaloissaan nipistivät häntä, ja puolivälissä matkaa hän heitti ne Ontariojärveen väsyneenä kantamaan niitä. Hän nauroi ajatellen kilpikonnaa tai kalaa, joka katseli niitä, kun ne putosivat järven pohjaan.

Kun hän pääsi huipulle, näkymä vei häneltä hengen. Hän näki rumuutta, rakennuksia, joilla oli ennen ollut jokin tehtävä. Nyt ne olivat ihmisettömiä ja hoitamattomia, ja niiden seinillä kasvoi rikkaruohoja. Siellä oli alastonta kauneutta, jota hän olisi voinut arvostaa, jos hän ei olisi ollut niin korkealla.

Ja toisessa suunnassa oli Ontariojärvi. Hän seurasi veden polkua. Oikealla yksi hänen kengistään ponnahti esiin, ja hetkeä myöhemmin toinen liittyi siihen. Ne kelluivat kuin haamu olisi tanssinut sen sijaan, että olisi kävellyt veden päällä.

Hän nauroi, ensin hiljaa, sitten hysteerisesti. Hänen mekkonsa pullisteli hänen ympärillään kuin hän olisi ollut pilven sisällä.

Hän astui ulos reunalle. Hän oli huono äiti, pahempi kuin hänen äitinsä oli ollut. Hänen äitinsä sentään pysyi ja piti tyttärensä lähellä. Hän jätti tuomitsemisen jumalalle, tai Jeesukselle tai kenelle tahansa.

Katien biologisesta äidistä tuntui, ettei hän ollut pelastamisen arvoinen. Hänelle ei voitu antaa anteeksi. Hän ei voinut antaa anteeksi edes itselleen.

Hän haravoi tekokynsiään pitkin käsivarsiaan. Jäljittäen jälkiä, jotka olivat jääneet neuloista, joita hän oli käyttänyt niin pitkään. Hän tunsi ne nyt sormillaan.

Vaikka hän lopettaisi tapansa, ne tunnistaisivat hänen haavoittuvuutensa ja alkaisivat kerjätä ruokaa.

Hän siirtyi lähemmäs reunaa. Sulki silmänsä. Haistoi kukkia. Kuunteli lokkien huutoja. Sitten hän putosi Ontariojärven viileään veteen kuin nukke, jonka narut oli katkaistu.

✱✱✱

Kun hänet löydettiin läheltä Viaduktia, hän oli ollut vedessä alle kaksikymmentäneljä tuntia. Hänen silmänsä olivat auki, aivan kuin hän olisi yhä miettinyt jotakin jossain aivan tavoittamattomissaan.

Katien biologinen äiti odotti tunnistusta ruumishuoneella.

KAPPALE 34

EL, ABE JA KATIE

"TULE TAKAISIN SÄNKYYN", ABE sanoi, kun El keräsi tavaroitaan viedäkseen ne Katien huoneeseen. Abe suuteli miestä otsalle: "Haluaisitko kupin kaakaota?"

"Sinä luet ajatuksiani."

"Jää sinä tänne peiton alle ja pysy lämpimänä. Heitän jopa muutaman keksin mukaan."

"Kiitos, kulta." Hän kuunteli, kun El kierteli keittiössä ja hyräili mennessään. Hän ymmärsi vaimonsa tarpeen lohduttaa lasta, mutta hänkin tarvitsi lohdutusta. Sitä paitsi hän pelkäsi, että vaimo oli kiintymässä häneen liikaa. Katien äiti saattoi palata parin päivän päästä. He eivät näkisi häntä enää koskaan. Mitä sitten?

El palasi tarjottimen kanssa. Hän suuteli häntä otsalle mennessään ulos.

Katie istui ja odotti Eliä. "Haluan mennä kotiin", hän sanoi hieroen silmiään.

"Etkö pidä tästä paikasta?" El kysyi tietäen jo vastauksen.

"Totta kai."

Abe tunki päänsä sisään: "Kuka itkee?" El yritti hätistää hänet pois.   "Miten voin auttaa sinua, pikkuinen?" "Miten voin auttaa sinua, pikkuinen?"

"Haluan mennä kotiin hakemaan jotain."

"No niin", hän sanoi ja istuutui sängyn päähän. "Ensinnäkin, Elillä ja minulla ei ole avainta kotiisi, eikä Benjaminillakaan."

"Minä pääsen sisään, ikkunan kautta. Sinun pitäisi nostaa minut ylös - tein sen kerran, kun äiti unohti avaimensa."

"Mitä sinä tarvitset?" El kysyi.

"Minusta sinun ei pitäisi mennä", Abe vastasi.

"Haluaisin hakea tukkani."

Mutta sinulla on kaunis nukke, pikkuinen", El sanoi.

"Voi, hän on kiva, mutta minulla on ollut pehmonalleni ikuisuudesta asti, ja se on nyt aivan yksin."

"Anna minun miettiä asiaa", Abe sanoi. "Ole nyt hiljaa ja mene nukkumaan, tai El joutuu palaamaan omaan huoneeseensa."

Sanaakaan sanomatta Katie käpertyi peiton alle ja sulki silmänsä. Abe iski Elille silmää ja sulki oven mennessään ulos.

KAPPALE 35

ABE JA BENJAMIN

ABE VEI TARJOTTIMEN KEITTIÖÖN ja siistiytyi ja meni sitten olohuoneeseen. Benjamin nukkui sohvalla, ja televisiota kuunneltiin taustalla. Hän sammutti sen ja heitti sitten peiton teinin päälle.

Abe palasi huoneeseensa ja nukahti. Keittiön kattiloiden ja pannujen ääni ja aamiaisen valmistumisen tuoksu saivat hänet nälkäiseksi. Hän vilkaisi kelloradiota - kello oli jo puoli kymmenen! Hän pukeutui kotitakkiinsa ja meni keittiöön.

"Sinun olisi pitänyt herättää minut!" hän huudahti.

Katie hätkähti.

"Olen pahoillani", hän sanoi. "Minun piti sanoa ensin hyvää huomenta."

El nyökkäsi, Katie hymyili. Hän peruutti keittiöstä olohuoneeseen, jossa Benjamin katseli televisiota.

"Nukuitko hyvin?" Abe tiedusteli.

Benjamin ei puhunut, vaan käänsi television äänenvoimakkuutta ylöspäin kuullakseen, mitä toimittaja sanoi uutisissa.

"Naisen ruumis huuhtoutui Ontariojärven rannalle tänä aamuna."

Benjaminin käsivarsissa nousivat karvat pystyyn. "Luoja, toivottavasti se ei ole Katien äiti."

Heidän ulko-ovensa ulkopuolella sanomalehti osui porraskäytävään. Abe nosti sen ja näki etusivulla Katien ja Jennifer Walkerin kuvan otsikolla "Kadonneet äiti ja tytär". Hän rullautti sanomalehden kokoon ja heitti sen roskikseen.

"Tule hakemaan se", El huusi, ja he kaikki istuutuivat yhdessä aamiaiselle.

KAPPALE 36

SGT. MILLER

RCMP:N KANSSA SOVITTIIN TAPAAMINEN asemalla. Heidät oli kutsuttu paikalle, kun Wheeler oli tunnistettu. Hänen oli saatava heidät tietoisiksi Katien olinpaikasta. He pitäisivät tiedon salassa.

Sillä välin Ontariojärven rannalle oli huuhtoutunut uusi ruumis. Ilmeisesti hänen käsivartensa olivat täynnä jälkiä.

Ennen RCMP:n saapumista Miller soitti Abelle kysyäkseen, miten Katie voi.

"Hän näkee painajaisia. Hän rikkoi ikkunan ja satutti itseään hieman. El selvisi kaikesta, eikä lapsi loukkaantunut vakavasti."

"Ikävä kuulla", Miller sanoi. "Lapsen on vaikea nukkua vieraassa sängyssä, vieraassa kodissa."

"Juuri nyt hän haluaa vain päästä kotiin. Hän kaipaa jotakin, jota hän kutsuu tunkkaiseksi karhuksi'.

"Anteeksi, Abe, se ei tule kysymykseen."

"Mutta hän ei voi nukkua."

Miller korotti ääntään; hän sulki ovensa. "Abe, et saa mennä sinne missään tapauksessa. Entä jos toimittaja näkee sinut ja seuraa sinua kotiin?"

"Kuulen kyllä."

"Pysykää kaikki matalalla profiililla. Otan yhteyttä, älkääkä unohtako, että meillä on selvittämätön murha. Emmekä tiedä, missä Katien äiti on." Hän epäröi. "Katie saattaa olla ainoa johtolankamme. Ja tiedän, että se tuntuu kaukaa haetulta, mutta lapset ovat tarkkanäköisiä. Joskus he terävöittävät asioita, asioita, jotka voivat auttaa meitä löytämään Katien äidin, pelastamaan hänen äitinsä, ennen kuin on liian myöhäistä."

"Luuletko siis, että rouva Walkerin on täytynyt olla tekemisissä huumeiden kanssa siitä lähtien, kun hän ja Wheeler seurustelivat?"

"Tässä vaiheessa en tiedä vastausta, mutta murtautumisesta ei ole merkkejä."

"Katie kertoi Benjaminille, että Wheeler oli se, joka antoi hänelle kalliin nuken, joten hän oli käynyt talossa useampaan otteeseen. Toinen ironinen seikka on, että hän on saattanut ostaa nuken meiltä."

"Niinkö? Katsoitko kirjanpitoosi, onko siellä merkintöjä tilauksesta? Se voisi olla johtolanka. Se voisi olla jotain."

"En ole, ja tiedätkö mitä, ennen kuin nyt kerroin sinulle, en ollut edes ajatellut tarkistaa kirjojani. Puhumattakaan siitä, että koska nukke on lapsen jäljennös, jonkun meistä täällä, jos hän on tilannut meiltä, on täytynyt nähdä kuva Katiesta. En muista nähneeni sitä, mutta tiedättehän, muisti - ja vanheneminen. Se on yksi ensimmäisistä asioista, jotka katoavat." Abe nauroi.

Miller sanoi: "Joo, ymmärrän, mutta tarkista asia ja kerro, mitä löydät. Mitä tahansa. Maksutapa. Päivämäärä, jolloin se tilattiin."

"Tarjoamme noita nukkeja vain joulun alla, joten se pitäisi olla helppo jäljittää, jos hän on tilannut sen meiltä."

"Yritä saada Katiesta selville muita tietoja. Onko sinulla mitään ideoita siitä, minne hänen äitinsä on voinut mennä. Lomakohteista. Sukulaisista. Ystävistä. Mitä tahansa."

"Olisiko parempi, jos lähettäisit jonkun ulos? Asiantuntijan, joka osaa kuulustella lapsia?" Abe kysyi. "Lisäksi, kun kerran lähetät jonkun, mikset lähettäisi häntä hakemaan tunkiota?"

"Minun on keskusteltava asiasta esimieheni kanssa. Voisi olla, seuraavana askeleena. Toistaiseksi hän tuntee sinut, Benjaminin ja Elin. Tarkkaile häntä, antamatta hänen tietää. Kysy häneltä kysymyksiä, jos hän sallii sen, ilman että hänen luottamuksensa sinuun horjuu. Juuri nyt hänellä ei ole muuta kuin sinut. Hän on saattanut todistaa jotakin, joka voi saattaa teidät kaikki vaaraan."

"Kuten sanoin, hän on nähnyt painajaisia."

"Aivan. Trauma voi aiheuttaa painajaisia ja unissakävelyä. Tuntemattomassa ympäristössä oleskelu on normaalioloissa sopeutumista. Nämä ovat kaukana normaalista." Miller epäröi. "Jos tarkemmin ajattelen, pyydän yhtä poliiseistani piipahtamaan DNA-pakkauksen kanssa. Konstaapeli ottaa yksinkertaisen näytteen Katien syljestä. Jos hän haluaa puhua mistään. Tarkoitan jollekin kodin ulkopuolella, niin konstaapelini antaa hänelle siihen mahdollisuuden."

"Olipa nokkela idea ja kiitos, että kerroit minulle", Abe sanoi. "Luulen, että kun lapsi jätettiin yksin puistoon, hän on saattanut kärsiä hylkäämisestä. Sen ei kuitenkaan pitäisi aiheuttaa pysyviä vaurioita, eihän?"

"Riippuu hänen luonteestaan, en osaa sanoa Abe. Olisi hyödyllistä, jos tarkistaisit mahdolliset tiedot tiedostoistasi."

"Selvä."

"Otan yhteyttä."

"Kiitos."

KAPPALE 37

KADONNEET JA LÖYDETYT

OLI AURINKOINEN ILTAPäIVä, EIKä taivaalla ollut pilveäkään - täydellinen päivä kalastukseen.

James ja Andrea Richards olivat veneilemässä Ontario-järvellä, kun hän huomasi jotain kelluvan vedessä. Hän otti esiin kiikarin ja katsoi tarkemmin. Se pomppi ja liikkui, mutta näytti naisen käsilaukulta.

"Vannon Jumalan nimeen, että tuolla on käsilaukku", hän sanoi miehelleen ojentaen tälle kiikarit. "Ehkä joku on murhattu täällä järven rannalla." Hän vapisi, vaikka oli lämmin, ja kietoi kätensä ympärilleen.

James vilkaisi. "Olet lukenut aivan liikaa Agatha Christie -romaaneja."

Hän pilkkasi.

"Mutta lähdetään silti katsomaan tarkemmin, jotta saat mielenrauhan. Eiväthän kalat pure tänään."

"Kiitos, kulta", hän sanoi.

James osoitti venettä kelluvan esineen suuntaan, ja minuutteja myöhemmin hänen vaimonsa otti kalaverkon käyttöön keräämällä käsilaukun. Kun hän nosti sen verkosta, hän huomasi, että se oli yhä kiinni. Ihmetellen, oliko sisältö kuiva, hän avasi sen.

"Odota!" hän huudahti.

Liian myöhäistä, sillä hän veti lompakon esiin. Kaikki sen sisällä oli kuivaa. Tosin nyt kun hän ajatteli asiaa, hän tajusi, että hän oli toiminut vastoin kaikkea, mitä hän tiesi televisiosta ja kirjoista, häiritsemällä sisältöä.

Ei se mitään, se oli jo tehty. Hän käänsi lompakon auki ja löysi siitä ajokortin, joitakin luottokortteja, valokuvan vauvasta, hammastahnatuubin ja hammasharjan (matkakoko), puhelimen, jonka akku oli tyhjä, ja kynsiliimaa.

"Meidän on parasta soittaa poliisille", hän sanoi.

"Onko käteistä?" James kysyi.

"Ei käteistä", hän sanoi soittaessaan hätänumeroon.

Kun he olivat kertoneet poliisille löytönsä, heille kerrottiin, että poliisi tapaisi heidät rannalla. Pariskunta ajelehti hetken hiljaisuudessa, kun lokit huusivat heidän päänsä yllä ja nappasivat kaloja, jotka hyppivät heidän ympärillään.

"Toki, nyt niillä on nälkä!" James sanoi, kun hän käynnisti moottorin ja suuntasi kohti.

KAPPALE 38

MORGUE

MYÖHEMMIN SAATUAAN PUHELUN PATTERSONILTA Miller meni ruumishuoneelle.

"Olemme vahvistaneet, että tuntematon on korkeintaan kaksikymmentäneljä vuotta vanha ja pitkäaikainen huumeiden suurkäyttäjä. Tuollaisilla jäljillä hän on ollut narkomaani jo pitkään. Hän on myös Primiparous."

"Minkä ikäinen lapsi olisi, jos se olisi elossa?"

"Seitsemän, ehkä kahdeksan."

"Ikä sopii", Miller sanoi. "Onko löydöksissäsi mitään tavallisuudesta poikkeavaa?"

"Hänen käyttämänsä huume oli kokaiini. Kuolinhetkellä hän ei ollut käyttänyt huumeita viimeiseen vuorokauteen. Hän oli suurkäyttäjä - suuri aineenvaihdunnan bentsoylekgoniinikertymä ajan mittaan, mutta ei mitään viimeaikaista."

"Luuletko, että hän yritti päästä eroon tavasta?"

"Hyvin epätodennäköistä, ellei hän ollut varattu huippukuntoutukseen."

"Sellaista tuhlausta. Minun on parasta mennä toimistoon. Kerro, jos löydät jotain muuta", Miller sanoi ja lähti kohti ovea.

"Selvä."

Millerin puhelin soi.

"Missä päin?" hän kysyi. "Niin. Voin hakea sen itse. Ei mitään ongelmaa. Olen tulossa. Lähden sinne heti, kun olen saanut sen. Kiitos."

Miller tapasi Richardsin, joka ojensi laukun.

"Mitä tapahtuu, jos kukaan ei lunasta sitä?" Andrea kysyi.

"Pidämme sitä todisteena, kunnes joku lunastaa sen", Miller sanoi. "Kiitos, että luovutitte sen."

KAPPALE 39

BENJAMIN JA ABE

MILLER LäHETTI ABELLE TEKSTIVIESTIN, jossa hän kertoi sen poliisin nimen, joka tulisi tapaamaan Katieta ja ottamaan DNA-näytteen. Abe soitti kotiin ja kertoi Benjaminille yksityiskohdat.

"Hänen nimensä on konstaapeli Lane, ja hän saapuu minä hetkenä hyvänsä."

"Hänestä ei ole vielä jälkeäkään", Benjamin sanoi.

"Kun hän saapuu, pyydä Eliä antamaan hänelle kuppi teetä ja odottamaan, että tulen paikalle." Taustalta hän kuuli ovikellon soivan.

"Liian myöhäistä, hän on jo täällä ja Elillä on kiire asiakkaiden kanssa."

"Käske hänen sulkea kauppa ja tulla heti sisään."

"Selvä."

"Loppu", Abe sanoi.

Benjamin lähetti Elille tekstiviestin, että hän sulkee liikkeen ja tulee heti taloon. Hän avasi oven.

"Nimeni on konstaapeli Lane", hän sanoi.

El saapui paikalle kysyen: "Mikä hätänä?"

Benjamin ojensi kätensä.

"Tulin tapaamaan Katieta", Lane sanoi. "Ja ottamaan DNA-näytteen."

El ojensi kätensä. Hän kutsui konstaapeli Lanen olohuoneeseen.

"Tässä on konstaapeli Lane, Katie."

"Katie, voit kutsua minua Laceyksi. Minulla on täällä eräs, joka sanoo kaipaavansa sinua." Hän veti esiin riekaleisen nallen.

Lapsen silmät syttyivät, kun hän otti pehmonallen vastaan. "Edward", hän huusi. Sitten konstaapeli Laceylle hän sanoi: "Voi kiitos". Karhulle hän sanoi: "Olen kaivannut sinua niin paljon." Hän piti karhun kasvoja korvaansa vasten ja sanoi: "Kyllä." Sitten hän sanoi: "Ihanko totta?"

Konstaapeli Lane hymyili. "Edward on kiva nimi. Olen iloinen nähdessäni teidät taas yhdessä. Nyt haluaisin puhua kanssasi siitä, että auttaisit meitä löytämään äitisi."

"Onko hän eksynyt?" Katie kysyi murjottaen.

"Emme ole varmoja", Lacey sanoi, "mutta tarvitsisimme varmasti apuasi."

"Mitä haluatte minun tekevän?"

Konstaapeli Lane kurottautui laukkuunsa ja kaivoi esiin DNA-pakkauksen. Hän otti esiin kippikärjen ja avasi astian laittaakseen sen sisälle. "Haluaisin laittaa tämän suuhusi ja ottaa niin sanotun näytteen."

"Olen kuullut, että noita käytetään vain korvissa", Katie nauroi.

"Juuri niin kuin pikkutyttöni sanoisi", Lane sanoi hymyillen.

"Mikä hänen nimensä on?"

"Hänen nimensä on Jemma, mutta me kutsumme häntä Jemiksi."

"Onpa kaunis nimi, kuin jalokivi", Katie säteili.

Konstaapeli hymyili. "Se on pehmeä, joten se ei satu. Ajan sen suuhusi, sitten laitan sen tähän astiaan, ja lähetämme sen laboratorioon."

"Jos sinua pelottaa, Katie", Benjamin sanoi, "konstaapeli Lane, voit ottaa minusta ensin pyyhkeen, niin näet, millaista se on."

"En minä pelkää", Katie sanoi.

Konstaapeli otti näytteen ja kirjoitti sitten Katien nimen tarraan. Hän kiinnitti sen astiaan. "Milloin on syntymäpäiväsi? Ja kuinka vanha olet?"

"Syyskuun 1. päivä, ja olen seitsemän ja puoli."

Kun konstaapeli oli saanut testin valmiiksi, hän kysyi muilta, voisiko hän jutella Katien kanssa kahden kesken.

"Ei sinun tarvitse", Benjamin sanoi. "Jos et halua."

"Hän on oikeassa Katie. Sinun ei tarvitse", Lane sanoi. "Sinähän haluat auttaa meitä, löytää äitisi, eikö niin? Tarkoitan, että jos voisit auttaa, haluaisit auttaa, eikö niin?"

Katie katsoi Eliä.

"Mikä pyyntö", El sanoi. "Totta kai hän haluaa auttaa, mutta hän on vasta lapsi."

Katie nyökkäsi konstaapeli Lanelle ja johdatti hänet huoneeseensa, jossa hän näytti hänelle nukkensa ja alkoi puhua siitä.

"Mark, herra Wheeler osti tämän nuken minulle jouluksi yllätykseksi. Hän tuli aina käymään ja toi minulle yllätyksiä."

"Oliko hän mukava?"

"Oli", Katie sanoi.

"Haluatko kertoa minulle vielä jotain muuta?"

"Hän ja äitini olivat joskus onnellisia." Hän katsoi poispäin. "Toisinaan he huusivat, ja hän lähti pois."

"Itkikö äitisi? Kun hän lähti?"

"Kyllä, kunnes menimme ulos juomaan pirtelöitä."

"Pidätkö pirtelöistä?"

"Kyllä, mansikka on suosikkini."

"Mitä sitten tapahtuisi?" Lane tiedusteli.

"Hän lähettäisi lahjoja äidilleni ja joskus minulle."

"Oikein kilttiä häneltä", Lane sanoi leikkien nuken hiuksilla ja sitten Katien hiuksilla.

"Ne eivät tunnu samalta", Katie sanoi. "Minun on pehmeämpi."

"Olet oikeassa."

"Se johtuu siitä, että El käyttää hiuksissani erityistä hoitoainetta ja harjaa ne viidelläkymmenellä vedolla joka ilta ennen nukkumaanmenoa. Hän sanoi, että aikuiset saavat sata silittämistä ja lapset viisikymmentä." Katie kikatti.

Konstaapeli Lane katsoi teipattua ikkunaa: "Mitä täällä tapahtui?"

"El sanoi, että kävelin unissani. En muista."

"Oletko koskaan ennen käynyt unissakävelyllä?"

"En usko", Katie vastasi. "El laittoi minulle siteet. Hän on koulutettu sairaanhoitaja. Äitini halusi opettajaksi, mutta..."

"Mikä esti häntä?"

"Minun syntymäni", Katie sanoi. Hän laittoi nukkensa takaisin sängylle ja kysyi: "Onko vielä jotain muuta? Auttaa löytämään äitini?"

"Mietin, onko sinulla tätejä tai enoja, isovanhempia, ystäviä, joiden luokse äitisi olisi voinut mennä? Entä isäsi?"

"Äidillä on sisko, mutta en ole koskaan tavannut häntä. Äiti on vanhempi. En ole koskaan tavannut isovanhempiani. En ole koskaan tavannut isääni."

"Missä äitisi sisko asuu? Voisimmeko soittaa hänelle?"

"En tiedä."

"Oletko koskaan asunut muualla?" Lacey kysyi.

"En." Katie katsoi jalkojaan. "Anteeksi, ettei minusta ole paljon apua."

Konstaapeli Lane taputti häntä päähän: "En tiedä, joskus tiedämme enemmän kuin luulemme tietävämme. Jatka ajattelua."

"Kiitos vielä kerran tunkiostani."

"Ilo oli minun puolellani."

Konstaapeli Lane suuntasi näytteen kanssa laboratorioon ja laittoi sen korkean prioriteetin listalle. Lyhyen keskustelun jälkeen hän sai työnnettyä sen huipulle. Hän suuntasi takaisin asemalle.

MILLER SAI PUHELUN KONSTAAPELI Lanelta.

"Kuten pyydettiin, vein Katie Walkerin DNA-näytteen suoraan laboratorioon. He tekivät vertailun ruumishuoneella olleen naisen kanssa - ne täsmäävät."

"En odota innolla tämän uutisen jakamista. Se on pahin mahdollinen lopputulos."

"Jos tarvitset minua, tulen mukaasi tukemaan sinua."

"Kiitos tarjouksesta, mutta nyt on aika, jolloin henkilökuntamme neuvonantaja on erittäin hyödyllinen. Meillä ei ole ollut syytä käyttää häntä usein, koska hän työskentelee muualla kuin toimipisteessä. Minulla ei ole ollut paljon yhteyttä neuvonantaja Briggsiin, onko teillä?"

"En ole edes tavannut häntä", konstaapeli Lane sanoi.

"Taidan olla ensimmäinen, joka työskentelee hänen kanssaan asemaltamme käsin."

"Mitä tahansa tapahtuukin, kessu, hänen pitäisi olla hyvin koulutettu hoitamaan asia."

"Toivottavasti. Kiitos, ja nähdään asemalla." Hän katkaisi yhteyden tajutessaan, ettei hänellä ollut Eleanor Briggsin numeroa puhelimessaan. Hän soitti uudelleen asemalle ja pyysi vastaanottovirkailijaa etsimään numeron. Hän kirjoitti tiedot puhelimeensa ja soitti Briggsille ja kertoi hänelle tilanteen.

"Voin olla valmiina heti, kun tarvitset minua", Briggs ilmoitti.

"Selvä, tulen hakemaan sinut noin vartin päästä", Miller sanoi ja teki u-käännöksen. Hän ei voinut estää itseään ajattelemasta Katieta. Tämä uutinen särkisi Katien sydämen.

Vastahakoisesti hän soitti Aben numeroon ja kertoi tälle tilanteen.

✳✳✳

Benjaminilla oli klaustrofobinen olo, ja hän toivoi, että kauppa voisi aueta. Se olisi tervetullut häiriötekijä. Hän lähetti Abelle tekstiviestin: "Missä sinä olet?"

Abe oli melkein kotona, kun hän sai tekstiviestin, sitten tuli puhelu ylikonstaapeli Milleriltä.

"Minulla on surullisia uutisia Katien äidistä. Hänen ruumiinsa löytyi Viadukin läheltä."

"Itsemurha?"

"Sitä ei ole suljettu pois."

"Okei. Uskomattoman surullisia uutisia todellakin. Katie-parka. Pitäisikö minun kertoa hänelle nyt? Olen juuri menossa sisälle."

"Ei. Minä ja neuvonantaja tulemme kertomaan Katielle. Ovatko sinä, Benjamin ja El paikalla? Hän tarvitsee tukeanne."

"Kyllä. Niin surullinen lopputulos. Totta kai me kaikki tulemme paikalle."

Kotiin saavuttuaan hän meni perhehuoneeseen ja näki Katien pehmolelun ympärillä. "Kuka tämä nyt on?" hän kysyi.

"Se on Edward-nalle, minun pehmoleluni."

"Haluaisin katsoa tarkemmin, jos voisit juosta huoneeseeni ja tuoda minulle silmälasini."

Katie kipitti ulos ja käytävää pitkin. Hän heilutti Benjaminia ja Eliä lähemmäs ja kertoi heille surulliset uutiset.

***

"KATIE-PARKA", EL SANOI KYYNELEET silmissään.

Benjamin ei sanonut mitään.

"Ylikonstaapeli Miller tulee neuvonantajan kanssa kertomaan Katiesta. He haluaisivat meidän olevan täällä tukemassa häntä. Neuvonantaja hoitaa tilanteen, hänet on koulutettu auttamaan lapsia traumaattisissa tilanteissa."

"Katie on sydänsuruinen, kultaseni. Mitä hänelle tapahtuu?"

"Entä sen jälkeen, kun hänelle kerrotaan, mitä sitten?" Benjamin sanoi, hänen hartiansa lyyhistyivät. Hänen ruumiinsa lyyhistyi itseensä, aivan kuin hän olisi juuri saanut iskun vatsaan. "Aikovatko he viedä hänet pois, lähettää hänet asumaan sijaisvanhempien luo - tarkoitan, vieraiden ihmisten luo?"

"Hän on onnellinen täällä", El sanoi.

"Lukuun ottamatta ikkunavälikohtausta ja painajaisia", Abe sanoi.

"Se ei ole enää meidän käsissämme, kun hän tietää, että äiti on poissa. Hänellä saattaa olla sukulaisia", El sanoi.

"Jos ei, hän menee sijaishuoltoon. Hän ei voi mennä järjestelmään", Benjamin sanoi.

"Hän on ollut meillä muutaman päivän, ylikonstaapeli Miller varmistaa, että Katie on etusijalla, ja hän tuntee meidät."

"Me rakastamme Katieta", El sanoi.

Katie saapui huoneeseen Aben lasien kanssa. Mies kumartui, jotta hän saattoi asettaa ne hänen kasvoilleen.

"Kiitos, pikkuinen", hän sanoi taputtaessaan häntä päähän.

Abe, El ja Benjamin muodostivat piirin, jonka keskellä oli Katie. He nostivat hänet ylös ja pyörittivät häntä ympäri ja ympäri. Katie kikatti, heitti päänsä taaksepäin ja kuvitteli lentävänsä.

KAPPALE 40

HUONOJA UUTISIA

K OPUTUS OVELLE KESKEYTTI HEIDäN riemunsa. He laskivat Katien lattialle, sitten Benjamin ja El asettuivat Katien taakse. Kummallakin oli käsi hänen olkapäällään. Abe meni avaamaan ovea ja palasi hetkeä myöhemmin ylikonstaapeli Millerin ja neuvonantajan kanssa.

Benjamin kiristi otettaan Katien olkapäästä.

"Te kaikki tunnette minut", ylikonstaapeli Miller sanoi. "Sinua lukuun ottamatta Katie, olen vanha Juliuksen ystävä. Ja tämä on neuvonantaja Briggs. Hän työskentelee kanssani poliisiasemalla."

Abe puristi Briggsin miehekästä kättä, kun taas Katie, El ja Benjamin pysyivät paikoillaan.

"Teillä on kaunis koti", Briggs sanoi Elin suuntaan.

Briggs oli melkein yhtä pitkä kuin Miller, ja tuollaisilla hartioilla hän näytti siltä, että hän olisi voinut pelata Packersin linjapuolustajaa. Hänen mansikkaiset hiuksensa näyttivät siltä, kuin hän olisi työntänyt sormensa pistorasiaan ja levittänyt sitten hiuslakkaa. Ja hänen kasvonsa olivat pikemminkin neliömäiset kuin pyöreät tai soikeat otsatukan, hiusten ja kaulan puutteen vuoksi. Hänen nenänsä oli epäkeskeinen, joten koskaan ei voinut olla varma, katselivatko hänen ristisilmäiset vihreät silmänsä häntä vai sitä, kenen kanssa hän puhui. Briggs eteni kohti Katieta, joka piiloutui Benjaminin ja Elin taakse.

Miller sanoi: "Katie, neuvonantaja Briggs, Eleanor, haluaisi kertoa sinulle jotain. Se on tärkeää."

Katie pysyi paikallaan, kunnes Benjamin ja El ottivat häntä kädestä kiinni.

"Minä kerron hänelle", El sanoi, kun hän ja Benjamin johdattivat Katieta kohti tuolia. Kun he olivat kasvotusten, El sanoi: "Katie-kulta, äitisi on mennyt taivaaseen."

Briggs puuttui asiaan. "Äitisi on kuollut, Katie."

El otti Katien syliinsä.

"Katie", Briggs sanoi ja kumartui koskettamaan häntä selkään. "Ymmärrätkö? Äidistäsi? Haluatko kysyä minulta jotain? Ei haittaa, jos haluat itkeä."

Katie ei sanonut mitään, siirtyi huoneen toiselle puolelle, jossa hän ojensi kätensä ja alkoi kääntyä. Hän näytti siltä, että hän teeskenteli olevansa tuulimylly.

"Hän ei ole kuollut", hän lauloi aivan liian tuttua sävelmää - Frere Jacques.

Benjamin, jonka poskia pitkin virtasivat kyyneleet, kauhoi hänet syliinsä.

Koko ajan Katie huusi: "Hän ei ole kuollut! Hän ei ole kuollut!" ja löi samalla pieniä, puristettuja nyrkkejään hänen rintaansa vasten.

Benjamin antoi Katien lyödä kaiken kivun ulos käyttäen häntä nyrkkeilysäkkinä. Kun hän oli tyhjä kaikista tunteista ja uupunut, hän lysähti hänen syliinsä kuin räsynukke. Benjamin kantoi hänet huoneeseensa ja peitti hänet sänkyyn. Hän sulki silmänsä. Kyyneleitä tihkui aina silloin tällöin, mies pyyhki ne pois ja katseli tytön kädestä pitäen, kuinka tämä vaipui uneen.

Käytävällä Briggs kääntyi Elin puoleen: "Katie on nyt oikeuden holhoama. He päättävät, mikä on hänelle parasta."

"Hän menetti juuri äitinsä", El sanoi puristaen nyrkkinsä niin tiukasti, että kynnet puhkaisivat ihon läpi. "Millainen nainen sinä olet?"

"Vau. Hän tekee vain työtään, El", ylikonstaapeli Miller sanoi.

"Tarvitsette oikeuden määräyksen, jotta voitte poistaa hänet kodistani", Abe sanoi.

Ylikonstaapeli Miller tuijotti vanhaa ystäväänsä. "Hetkinen nyt, Abe. Meillä ei ole aikomustakaan rynnätä hänen huoneeseensa ja repiä häntä sängystä. Hän on vasta menettänyt äitinsä, emmekä tekisi sitä hänelle tai kenellekään lapselle, emme nyt emmekä koskaan. Sitä paitsi hän tuntee sinut, ja hänen on parempi olla tutussa paikassa ihmisten kanssa, joihin hän luottaa ja jotka hän tuntee."

"Hän on nyt osa perhettämme", El sanoi.

"Niin, mutta hän ei ole teidän lapsenne", Briggs sanoi. "Sitä paitsi on olemassa lakeja ja protokollia, joita on noudatettava."

"Olet kylmä nainen", El sanoi ja nousi Briggsin kasvoille.

Miller veti heidät erilleen. "Puhun hänen kanssaan", hän sanoi Elille. Sitten Briggsille: "Voimme puhua tästä ulkona."

Briggs pani kädet lanteilleen. "Toki, voimme jatkaa tätä keskustelua ulkona."

Hän otti askeleen kohti ovea ja sanoi sitten Elille ja Abelle: "Olette siis tietoisia menettelytavoista. Kun saan paperit täytettyä, tuomari päättää, mikä on seuraava vaihe. Normaali menettelytapa on, että lapsi luovutetaan. Yleensä seuraavan kahdenkymmenen neljän tai neljänkymmenen kahdeksan tunnin kuluessa. Jos näin ei tapahdu, seuraa sakko esteellisyydestä, vaarantamisesta ja mahdollisesti jopa vankilatuomio. Kaikki riippuu Katien tapaukseen määrätystä tuomarista." Hän käänsi heille selkänsä ja suuntasi kohti uloskäyntiä.

"Hänen nimensä on Katie", El huusi hänen perässään.

Miller pyysi vuolaasti anteeksi seuratessaan Briggsiä ulos ovesta.

KAPPALE 41

MILLER JA BRIGGS

MILLER NAPSAUTTI RISTEILYAUTONSA OVEN auki. Sisälle päästyään hän paiskasi sen kiinni. Vedettyään pari kertaa syvään henkeä hän avasi matkustajan oven päästääkseen Briggsin autoon. Kun tämä kiinnitti turvavyönsä, hän iski puristetut nyrkkinsä rattiin. "Sinun ei olisi tarvinnut olla niin ankara heille."

"He ovat kiintyneet liikaa, lapseen, joka ei ole heidän. Lapseen, joka kuuluu perheeseen, ei satunnaisiin muukalaisiin. Hän tarvitsee enemmän kuin koskaan olla verisukulaisten, ei wannabe-sukulaisten kanssa."

"Entä jos verisukulaisia ei ole?"

Briggs pudisti päätään. "Ellemme etsi, emme saa koskaan tietää. Meidän velvollisuutemme lasta kohtaan on etsiä heidät. Jättää kiveäkään kääntämättä. Varmistaa, että hän saa parhaan mahdollisen hoidon sellaisten ihmisten kanssa, jotka auttavat häntä käsittelemään suruaan."

"He rakastavat häntä, ovat ottaneet hänet osaksi perhettään, ja olen tuntenut heidät jo vuosia."

"Tiedän, että olet, mutta on jotain. Jokin ei ole oikein. En osaa sanoa sitä, mutta se on siellä."

Peruuttaessaan ajotieltä Miller veti taas syvään henkeä. "Mutta jos heitä ei olisi ollut, hänet olisi ehkä siepattu tai murhattu. He pelastivat hänet, pelastivat hänet. Luoja tietää, mitä hänelle olisi tapahtunut, jos hänet olisi jätetty yksin rantaan koko yöksi. Tiedät, millainen alue on pimeän tultua. Huumekauppiaita ja prostituoituja. Lapsi oli pirun onnekas, että Juliuksen perhe löysi hänet, otti hänet luokseen ja kohteli häntä kuin omaa lastaan."

"Ymmärrän, mitä tarkoitatte, ylikonstaapeli Miller, mutta teidänkin on ymmärrettävä, että lapsen on oltava tässä etusijalla. Ja minun on seurattava vaistoani."

Hän oli niin vihainen, ettei pystynyt puhumaan, joten sen sijaan hän kaivoi kyntensä nahkaiseen ohjauspyörän suojukseen, kun nainen jatkoi vatvomista.

"Olet ollut poliisivoimissa jo vuosia, ja maineesi on erinomainen. Silti annat omien tunteidesi pelata sinua vastaan. Kuulemani mukaan annoit poliisin maksaa laskun, kun etsit lasta, jonka olinpaikasta tiesit päiväkausia? Teeskentelitte jopa lehdistölle, että etsimme yhä paitsi hänen äitiään myös Katieta. Kuten hyvin tiedät, molemmissa tapauksissa toimintasi oli vastoin menettelytapoja."

Miller kaivoi kyntensä syvemmälle ratin suojukseen. Hän pidätti hengitystään ja keskittyi tiehen. Jos hän ei tekisi niin, hän suuttuisi äärimmäisen paljon ja... hän ei halunnut menettää hallintaa, kun nainen käänsi hänen kytkintä. Yritti saada hänet menettämään malttinsa kyseenalaistamalla hänen koskemattomuutensa. Hän oli hänen esimiehensä, kaikin tavoin, ja silti hän höpötti kuin...

"Ai, tajuan", hän sanoi. "He ovat ystäviäsi, eivätkä he voi saada lasta, joten hei, tässä on kaikkien lapsi, jota kukaan ei halua."

Miller jarrutti, kun valo vaihtui keltaisesta punaiseksi. "Kenelle luulet puhuvasi?" hän vaati. "Ensinnäkään kukaan ei, kuten sinä sanot, "maksa laskua"." Itse asiassa noudatin protokollaa ja ilmoitin poliisilaitokselle Katien majoittumisesta Aben ja hänen vaimonsa luokse. Hän käski minun seurata tilannetta, ja niin tein. Ja kun RCMP tuli mukaan, kerroin heille, missä Katie oli. Noudatan protokollaa."

Hän pudisti päätään: "Olen pahoillani, tämä ei ole henkilökohtaista. Sitä varten järjestelmä on olemassa, suojelemaan niitä, jotka eivät pysty suojelemaan itseään."

Hän kuittasi hänen viimeisen lausuntonsa nyökkäyksellä tietäen sen olevan totta. Katien jättäminen sinne, missä hän oli, oli järkevää, mutta Briggs oli oikeassa yhdessä asiassa, säännöt olivat sääntöjä. Faktat olivat näin: pariskunta oli iäkäs, ja se saattoi vaikuttaa tuomioistuimiin.

"Tämä on minun toimivaltaani", Miller sanoi. "Älkää leveilkö minulle sääntökirjoilla. Minä noudatin sääntöjä, kun teitä vielä työnnettiin lastenvaunuissa."

Briggs nauroi.

Hän jatkoi, nyt rauhallisempana. "Järjestelmässä on puutteensa, lapsi, Katie ei eksynyt järjestelmään. Hänet annettiin Juliuksen perheen hoitoon, joka on yhteisömme tukipilari."

Briggs oli hetken aikaa hiljaa. "Annettu on sana, jota vastustan. Lapsi ei ole koiranpentu, joka luovutetaan. Tuomarin on tarkasteltava tosiasioita ja päätettävä tämä tapaus. Tuomari näkee asiat mustavalkoisesti. Tunteet eivät vaikuta heihin."

"Minä takaan Aben ja Elin puolesta. Helvetti, jos kuolisin, en voisi keksiä parempaa pariskuntaa huolehtimaan omista lapsistani - siis jos he olisivat vielä lapsia. Omani ovat kaikki kasvaneet aikuisiksi."

"Tässä ei ole kyse sinusta, kersantti Miller. Tämä ei ole sinun taistelusi."

Miller oli hiljaa. Hän oli oikeassa toisesta asiasta: tämä ei ollut hänen taistelunsa. Silti hän tunsi Aben ja tämän perheen.

Miller jätti Briggsin parkkeeratun autonsa luo ja lähti asemalle. Nainen teki hänet niin vihaiseksi, raivoisaksi. Eniten hän vihasi sitä, miten oikeassa Miller oli. Toisaalta useimmat tuomarit eivät välittäisi Abesta ja Elistä ja siitä, kuinka vanhoja he olivat.

Toisaalta he eivät välittäisi pätkääkään neuvonantaja Briggsin niin sanotusta vaistosta. Varsinkaan, jos hän pääsisi ensin puhumaan Juliuksen puolesta. Hän arveli, että Briggsiltä kestäisi ainakin kolmekymmentä minuuttia päästä takaisin toimistolle. Enemmän tai vähemmän, riippuen liikenteestä. Sillä välin hän laati suunnitelman.

Takaisin toimistossa Miller napsautti tietokantaan ja luki konstaapeli Lanen raportin. Hän kirjoitti päivitetyn lisäyksen:

Päivämäärä, kellonaika. Ylikonstaapeli Alex Miller ja neuvonantaja Eleanor Briggs tapasivat Juliusin perheen talolla, jossa Katie Walker on asunut äitinsä katoamisen jälkeen Päivämäärä, kellonaika. Aben, hänen vaimonsa, El ja heidän sijaispoikansa - hän kirjoitti sijaispojan päälle - lisäsi adoptoitu.

Hän pysähtyi, koska ei ollut varma, oliko poika edelleen sijaisvanhempi vai adoptoitu. Hän kirjoitti uudelleen sijaispojan, kun Katie sai tiedon äitinsä kuolemasta.

Mielestäni lapsen pitäisi jäädä Juliuksen perheeseen. Hän tuntee heidät ja on luonut luottamusta. Hänen siirtämisensä surun aikana vieraaseen ympäristöön, tuntemattomien ihmisten pariin, olisi julma ja tarpeeton muutos, ja sillä voisi olla vaikutuksia pikkutytön mahdollisuuksiin selvitä äidin menetyksestä.

Hän lopetti kirjoittamisen ja luki uudelleen. Hän tunsi tarvetta puuttua Briggsin intuitioon. Totuus oli, että ainoa henkilö, joka oli järkyttänyt lasta, oli Briggs itse.

Hän napsautti tiedoston kiinni.

Miller soitti ystävälleen tuomari Andersille, joka ehdotti alustavan kuulemisen järjestämistä. Anders oli samaa mieltä siitä, ettei ollut mitään syytä riistää lasta kotoa.

"Pyydä hakijaa tulemaan oikeustalolle tunnin kuluttua", Anders sanoi. "Sitten voimme laittaa asiat liikkeelle."

"Kiitos", Miller vastasi. Hän löi luurin korvaan ja soitti Abelle ja selitti, miksi hänen oli kiireesti tultava oikeustalolle. "Tavataan sisäänkäynnillä, niin nopeasti kuin mahdollista. Käymme yhdessä tuomari Andersin huoneessa ja selvitämme paperityöt." Hän epäröi ja jatkoi sitten. "Olen pyytänyt palveluksen, joka toivottavasti riittää siihen, että voit pitää Katien mukanasi", Miller sanoi. "Älä siis myöhästy."

"Tulossa", Abe sanoi ja tilasi taksin. Heti kun hän pääsi autoon, vielä ennen kuin hän ehti kiinnittää turvavyönsä, hän käski kuljettajaa viemään hänet pikimmiten oikeustalolle.

"Jos saan sakot, sinun on maksettava lasku", kuljettaja sanoi.

"En käske sinua rikkomaan lakia, astu vain sen päälle ja vältä ruuhkaisimpia reittejä."

"Totta kai", kuljettaja vastasi.

✻

NYT TOIMISTOSSAAN ELEANOR BRIGGS selasi Katie Walker -nimisen lapsen tiedostoja verkossa. Bingo, hän löysi konstaapeli Lacey Lanen kirjoittaman raportin. Siinä Lane kertoi, että Katie näki painajaisia ja käveli unissaan. Kerran hän jopa vahingoitti itseään. El Julius hoiti häntä soittamatta ambulanssia väittäen olevansa pätevä sairaanhoitaja.

Alkuperäiseen asiakirjaan hän kirjoitti seuraavan lisäyksen:

Päiväys, kellonaika. Neuvonantaja Eleanor Briggs ja ylikonstaapeli Alex Miller kävivät Juliusten kotona, jossa Katie Walkerille kerrottiin äitinsä kuolemasta. Paikalla olivat myös Abe, El ja Benjamin Julius.

Katie oli asunut heidän luonaan äitinsä katoamisen jälkeen. Lapsi otti uutisen vastaan niin hyvin kuin olosuhteisiin nähden saattoi ottaa vastaan.

El Julius muuttui kuitenkin vihamieliseksi, kun Briggs yritti kommunikoida suoraan lapsen kanssa. Luettuaan konstaapeli Lanen raportin tämä neuvonantaja on sitä mieltä, että mainitut painajaiset saattoivat olla suoraa seurausta rouva Juliuksen liiallisesta äidillisyydestä. Tämä on huolestuttavaa, sillä Katien äitiä pidettiin - tähän päivään asti - elossa olevana. Siksi suosittelen, että Katie Walker poistetaan Juliusin kodista välittömästi. Mieluiten hänet siirretään kotiin, jossa on verisukulaisia.

Hän lopetti kirjoittamisen ja mietti hetken. Valaistiko tämän tiedon lukeminen hänen tuntemuksiaan? Hän päätti, että ei. Silti hänellä oli nyt enemmän tietoa, joka vahvistaisi hänen asiaansa.

Briggs oli varma, että useimmat tuomarit noudattaisivat hänen suosituksiaan ja ottaisivat pikku Katie Walkerin maakunnan huostaan.

Hän painoi SENDiä.

KAPPALE 42

BRIGGS MISSAA SEN

TUOMARI ANDERSIN TOIMISTOSSA TYÖSKENNELLYT ystävä oli Eleanor Briggsille palveluksen velkaa. Hän soitti hänelle ja kertoi tilanteen. "Paskiainen", Briggs huudahti. Anders ei ollut sellainen tuomari, jonka kanssa saattoi soittaa ja neuvotella. Kasvotusten oli ainoa keino hänen kanssaan. Hän juoksi ulos rakennuksesta autolleen ja lähti kohti oikeustaloa.

Briggs ei voinut uskoa, että Miller olisi ottanut yhteyttä tuomariin, saati sitten sellaiseen, jonka kanssa hän ei koskaan nähnyt silmästä silmään. Tosin harkinnan jälkeen hän ei uskonut Millerin tietävän, että he olivat ottaneet yhteen. Toisaalta, sana kiersi piirissä. Ihmiset puhuivat. Juoruttiin kuten millä tahansa muullakin uralla. Se oli liian suuri sattuma.

Millerin oli pakko tietää. Hän väisti kulman takaa ja vinkui renkaista, kun valo muuttui keltaiseksi.

Hän löi nyrkkiä rattiin. Hän ei vieläkään voinut uskoa, että tuomari Anders istui tässä alustavassa kuulemisessa. Hän oli tunnettu lempeydestään ja rakasti tarinoita, jotka vetivät hänen sydämeensä. Hän oli hyvä, reilu ja oikeudenmukainen tuomari, mutta hän kantoi sydäntään hihassaan - joidenkin mielestä se oli hänen paras ominaisuutensa tuomarina. Briggsille sääntöjen noudattaminen sääntöjen mukaan oli ainoa tapa toimia. Jos Anders vain tietäisi painajaisista ja rouva Juliuksen teeskentelystä sairaanhoitajaksi - se voisi muuttaa kaiken.

Briggs ehti tuomarin huoneeseen juuri, kun Miller ja Abe olivat poistumassa.

"Olet myöhässä", Miller sanoi. "Tuomari Anders on hyväksynyt pyyntömme, että Katie saisi jäädä Juliusten luokse kuukaudeksi. Hän käsittelee tapausta uudelleen, kun määräaika päättyy."

Briggs tunki tiensä kahden miehen läpi ja astui Andersin huoneeseen ja sulki oven takanaan.

"Hän ei tule arvostamaan sitä, että häntä epäillään", Miller sanoi, kun hän ja Abe poistuivat rakennuksesta.

KAPPALE 43

ABE JA MILLER

MILLER OLI TYYTYVÄINEN LOPPUTULOKSEEN ajaessaan Aben kotiin. Ainoa asia, joka voisi muuttaa Katien tilannetta seuraavan kuukauden aikana, olisi, jos sukulainen ilmoittautuisi. Muussa tapauksessa lapsi jäisi heidän huostaansa määräämättömäksi ajaksi.

Abe oli hiljaa, kunnes auto pysähtyi hänen kotinsa eteen. "Mitä tapahtuu, jos Briggs saa tahtonsa läpi ja Katie lähetetään asumaan täysin vieraiden ihmisten luokse?"

"Voitimme päätöksen eduksemme, ei murehdita sitä nyt."

"Mutta minä olen huolissani. Olen varma, että Benjamin ja El ovat myös huolissaan. Pitäisikö meidän kertoa lapselle, että hän saattaa olla kanssamme vain kuukauden? Valmistellaksemme häntä?"

"Kuukausi on Katien kaltaiselle pikkutytölle pitkä aika", Miller sanoi. "Ja hän suree yhä äitiään."

"Edessä on vaikea tie, mutta kiitos", Abe sanoi nousten autosta. Hän vilkutti, kun kersantti Miller ajoi pois.

KAPPALE 44

KATIE

Kun Katie heräsi, hän tuijotti kattoa. Pienet ruusun terälehdet näyttivät vielä kauniimmilta tänään, kun aurinko paistoi niihin. Hän katseli, kuinka punaiset terälehdet tanssivat ilmassa, pyörivät ja lepattavat kuin elokuvassa.

El nukkui sikeässä unessa hänen vieressään, ja Benjamin nukkui tuolilla. Hän muisti, että oli tapahtunut jotain ihmeellistä ja sitten jotain vähemmän ihmeellistä.

Hän sulki silmänsä ja yritti muistaa sekä hyvän että huonon. Hän ajatteli miestä poliisin univormussa ja pelottavaa naista. Hän säpsähti muistaessaan, että nainen oli tarttunut häneen.

Sitten hän muisti. Paha nainen sanoi, että hänen äitinsä oli kuollut, mutta hän ei ollut. Hän itki.

Benjamin ja El kietoivat lapsen syliinsä.

"Hän ei ole kuollut", hän sanoi kyynelsilmin.

"Kaikki järjestyy", El sanoi ja taisteli kyyneleitä vastaan.

"Me olemme täällä sinua varten", Benjamin rauhoitteli.

Benjamin tiesi, ettei hän voinut poistaa Elin tuskaa, se oli hänen ja vain hänen. Hän oli kokenut saman menetyksen tuskan itsekin. Siksi hän tiesi voivansa auttaa Benjaminia jakamalla hänen tuskansa, kuten Abe oli tehnyt hänelle kauan, kauan sitten. Silloin hän oli vuodattanut tuskansa Abeen, nyt hän antaisi Katien vuodattaa tuskansa häneen.

KAPPALE 45

KATIE

KUN ABE MENI SISÄLLE, hän löysi Benjaminin ja Elin Katien huoneesta.

"Minulla on asiaa sinulle, El", hän kuiskasi.

Hän tuli ulos, jättäen Benjaminin ja Katien oven raolleen.

Abe otti vaimoaan kädestä kiinni ja johdatti hänet käytävää pitkin.

"Vievätkö he hänet pois luotamme?" Abe kysyi.

"Tule mukaan keittiöön, kun voimme puhua kunnolla."

Benjamin oli herännyt oli kuunnellut, kunnes he siirtyivät pois keittiöön.

"Ei, saimme tänään voiton, hän voi jäädä luoksemme ainakin vielä kuukaudeksi ja mahdollisesti toistaiseksi." "Ei, me voitimme tänään, hän voi jäädä luoksemme ainakin kuukaudeksi ja mahdollisesti toistaiseksi."

"Olen iloinen, ettei häntä tarvitse siirtää. Hän ei ole sellaisessa kunnossa, että häntä vietäisiin pois asumaan vieraiden ihmisten luo. En kestäisi sitä."

"Se on vain väliaikaista, mutta ylikonstaapeli Millerin edunvalvonnan ansiosta se on voitto." "Se on vain väliaikaista, mutta ylikonstaapeli Millerin edunvalvonnan ansiosta se on voitto."

"Meidän on kerrottava Benjaminille."

He menivät Katien huoneeseen. Hän nukkui, Benjaminia sen sijaan ei näkynyt missään. Palatessaan Katien huoneeseen El hyväili pikkutytön päätä. Hän heitti peiton takaisin: se oli nukke, ei Katie. "Voi ei!" hän huudahti.

Iäkäs pariskunta etsi talon jokaisesta huoneesta, sitten he menivät puutarhaan. Katiesta tai Benjaminista ei vieläkään näkynyt jälkeäkään.

"Minne he ovat voineet mennä?" El kysyi.

"En tiedä", Abe sanoi.

"Hän oli niin järkyttynyt. Olimme vain rauhoittaneet hänet, ennen kuin pyysit puhua kanssani." Hän haukkoi henkeään. "Ehkä Benjamin ajatteli, että he veisivät hänet pois, ja siksi hän vei hänet ennen kuin he ehtivät. Kun kutsuit minut ulos huoneesta... Hän varmaan ajatteli." Hän itki käsiinsä.

"He eivät ole voineet mennä kauas."

KAPPALE 46

BENJAMIN JA KATIE

Hän kantoi nukkuvaa lasta sylissään ja nousi tilaamaansa taksiin.

"Siskoni nukahti, ennen kuin ehdin viedä hänet kotiin", hän selitti.

Kuski kohautti olkapäitään.

Benjamin silitti Katien hiuksia tämän nukkuessa. Katien ottaminen mukaan oli ollut ainoa tapa pitää hänet turvassa. Ympärillä oli vaaroja. Vaaroja, joilta vain hän voisi suojella Katieta.

45 minuuttia myöhemmin, kaupungin toisella puolella, - "Voit jättää meidät tänne", Benjamin sanoi.

"Hän nukkuu todella hyvin", kuljettaja sanoi. Hän nousi ulos ja avasi oven. Benjamin laittoi muutaman setelin käteensä.

Ovella ollut mies avasi oven, ja hän otti avaimen talteen. Hississä Katie heräili hetken, mutta nukahti sitten taas.

Saapuessaan seitsemänteen kerrokseen hän avasi oven ja laski Katien varovasti sängylle. Hän sulki verhot, laittoi Katien päälle peiton ja istuutui tuolille sängyn viereen. Hän torkahti.

"Mitä tapahtui? Missä minä olen?" Katie kysyi hieroen silmiään ja yrittäen nousta sängystä. Se ei onnistunut, vaan hän jäi tyynyn päälle. Muutama tunti oli kulunut, ja hän oli tuntemattomassa paikassa. Paikassa, joka haisi karkkikukalle ja palaneelle paahtoleivälle.

Benjamin oli odottanut Katien heräämistä, ennen kuin hän puhui hänelle. Kun lääkkeet, joita hän oli antanut Katielle, olivat kuluneet loppuun, hän saattoi puhua Katielle. Selittää asioita. Pitää hänet rauhallisena.

Hän ei halunnut Katien huutavan. Joku saattaisi kuulla, jos hän huutaisi. Sitten hänen olisi satutettava häntä. Hän ei halunnut satuttaa häntä.

KAPPALE 47

ABE JA EL

"**M**EIDÄN ON PARASTA SOITTAA kersantti Millerille ja kertoa hänelle, Abe sanoi.

El pysäytti hänet. "Miksi? Kaikki järjestyy kyllä. Hän tuo hänet takaisin. Hän ei ole mennyt kauas ilman nukkeaan."

"Minulla on paha aavistus tästä", Abe sanoi. "Soitan ylikonstaapeli Millerille." Hän nousi ylös ja meni puhelimen luo. Nosti sen ja alkoi soittaa.

"Olet oikeassa, Abe." Hän siirtyi lähemmäs miestä juuri kun hänen miehensä laski puhelimen alas ja käänsi selkänsä kävelläkseen pois. "Meidän täytyy olla ne, jotka ilmoittavat siitä. Molemmat lapset ovat kateissa."

Hän seurasi tiiviisti miehensä kannoilla. "Se on meidän vastuullamme. Meidän on löydettävä lapset, ja nopeasti."

"Ja me löydämme, ei ole syytä paniikkiin."

"Ehkä", El sanoi, kun Abe taas laski puhelimen luurin alas. "Ehkä. Mutta..." El käveli kohti ulko-ovea. "Menen ulos soittamaan heille. Ehkä he piileskelevät. Pelaavat piiloleikkiä."

Abe tarttui häntä käsivarresta. Veti hänet takaisin sisälle, olohuoneeseen.

El katseli hiljaa, kun hänen miehensä käveli ja kiihtyi hetki hetkeltä enemmän.

KAPPALE 48

KATIE

B ENJAMIN ISTUI SÄNGYN VIERESSÄ olevalla tuolilla. Hän näytti Benjaminilta ja sitten ei näyttänytkään. Hän oli sumea ja kaukana.

Missä El oli? Missä oli Abe?

Hän katsoi kattoon, mutta tässä huoneessa ei ollut tanssivia ruusun terälehtiä. Huone alkoi pyöriä, kun hänen vatsansa nousi kurkkuun.

Benjamin oli hänen vierellään, kädessään jääämpäri, johon hän oksensi. Kun hän oli lopettanut, hän meni kylpyhuoneeseen ja huuhtoi ämpärin sisällön vessanpöntöstä alas. Hän juoksutti kylmää vettä pesulappuun ja palasi asettamaan sen lapsen otsalle.

"Onko nyt parempi?" hän kysyi, kun hänen puhelimensa värähteli. Abe soitti. Hän sammutti puhelimensa ja poisti akun. Laittoi sen maahan ja polki sitä, sitten heitti jäänteet roskikseen.

Katie katseli hiljaa, kunnes hän palasi. "Kyllä, kiitos", hän sanoi. Hän istui sängyn päädyssä ja katsoi Katieta.

"Missä me olemme? Missä minun äitini on? Minä haluan äidin! Ja missä ovat Abe ja El? Minä haluan Elin."

Benjamin kääntyi pois ja nousi seisomaan. "Heidän piti lähteä pois. Niin kuin äitisi piti lähteä pois." Hän siirtyi huoneen poikki ja laskeutui tuolille. Hän veti jalkansa ylös, niin että istui joogatyyliin, ja sulki sitten silmänsä kuin aikoisi meditoida.

Katie nyyhkytti.

Hän avasi silmänsä. "Nyt olemme vain sinä ja minä, sinä ja minä, poika." Hän sulki taas silmänsä ja peitti kasvonsa.

Katie alkoi itkeä: "Haluan äidin. Minä haluan äidin!"

Benjamin siirtyi lattian poikki häntä kohti.

Katie perääntyi hänestä ja kietoi kätensä ympärilleen.

KAPPALE 49

EL JA ABE

EL ALKOI OLLA YHÄ kärsimättömämpi Aben toimettomuuden vuoksi.

"Meidän on tehtävä jotain, nyt", hän sanoi. "Aika käy vähiin, ja mitä tahansa voi tapahtua. Kunpa en olisi estänyt sinua soittamasta Alexille. Kunpa..."

Hän kurottautui puhelimeen.

"Älä", Abe sanoi ja tarttui hänen käteensä. "Älä vain."

KAPPALE 50

INTUITIO

YLIKONSTAAPELI MILLERIN PÖYDÄLLÄ ODOTTI kansio, kun hän palasi toimistoonsa. Hän selasi raporttia, jossa vahvistettiin, että kuolleen naisen nimi oli Margaret (Maggie) Monahan. Hän pysähtyi ja istuutui takaisin tuoliinsa. Odottakaa. Katien äiti oli Jennifer Walker. Mutta DNA-raportti vastasi Katien DNA:ta.

Hän kumartui eteenpäin ja jatkoi Margaret Monahanin lukemista. Kun hänen sormensa kulki hänen elämäkertaansa pitkin, hän vahvisti yhteyden: hänellä oli sisar. Margaret Monahan oli Jennifer Walkerin siskon siviilinimi.

Hän luki eteenpäin ja huomasi, että molemmat vanhemmat kuolivat ennen Katien syntymää. Katie ei siis ollut koskaan tavannut isovanhempiaan.

Hän ajatteli Katien reaktiota uutiseen. Katie oli jyrkästi kieltäytynyt uskomasta sitä - ja hän oli ollut oikeassa.

Miller ryntäsi ulos toimistostaan, koska hänen oli mentävä jonnekin, mutta hän ei vielä tiennyt, miksi. Aben nimi ponnahti hänen mieleensä. Miksi?

Hän soitti hänelle. Ei vastausta. Silti jokin vaivasi häntä. Hän meni autolleen, painoi sireenin, joka jakoi liikenteen joka puolelta, kun hän ajoi Aben talolle.

Kun hän ajoi pihatielle, hän huomasi heti, että etuovi oli auki. Viereisen kaupan ikkunassa oli SULJETTU-kyltti.

Miller meni sisälle ja huusi: "Onko ketään kotona? Alex Miller tässä. Abe? El?"

Talo oli siisti ja hiljainen. Televisiosta tai radiosta ei kuulunut ääntä. Mutta jokin oli todellakin pielessä, hänen aavistuksensa oli ollut oikea. Hän veti aseensa pois ja kiersi kulman, joka johti olohuoneeseen.

Lattialla oli ruumis: El Juliuksen ruumis.

KAPPALE 51

ABE

K UN ABE OLI YRITTÄNYT soittaa Benjaminille, mutta ei vastannut, hän meni kadulle ja soitti taksin.

"Vie minut juna-asemalle", hän vaati ja kaiveli lompakkoaan. Kiireessään hän oli unohtanut ottaa mukaan ylimääräistä käteistä. Hän saisi ne asemalta.

"Totta kai", kuljettaja sanoi ja laittoi radion päälle.

Abe yritti soittaa Benjaminille uudelleen, mutta ei onnistunut. Olisiko poika niin idiootti, että veisi lapsen heidän salaiseen paikkaansa?

KAPPALE 52

KATIE JA BENJAMIN

BENJAMIN LAITTOI KÄTENSÄ KATIEN olkapään ympärille, ja he istuivat vierekkäin sängyllä puhumatta. Katie tuudittautui Katieen.

"Benji", Katie sanoi ja kietoi kätensä miehen vyötärön ympärille.

Mies suuteli häntä päälaelle. Mies hyräili, tuutulaulua, kunnes tyttö nukahti uudelleen. Hän peitti korvansa. Hän inhosi minijääkaapin surinaa. Hän veti pistokkeen irti seinästä.

KAPPALE 53

MILLER JA EL

"Jessus, El", Miller sanoi ja laskeutui polvelleen tunnustellakseen hänen pulssiaan. Se oli siellä, heikko, mutta siellä. Miller painoi tytön päätä käteensä, ja tyttö avasi silmänsä.

"Kuka teki tämän sinulle?"

"Abe", nainen kuiskasi.

Miller kumartui lähemmäs, hän ei ollut kuullut oikein. Oliko hän kuullut?

"Abe. Se oli Abe", nainen sanoi, silmät pyörivät hänen päässään, kun hän vapaalla kädellään kirjoitti puhelimeensa hätänumeron 911.

Kun ambulanssi oli ajanut pois sireenin kiljuessa, ylikonstaapeli Miller yritti löytää Aben, Benjaminin ja Katien. Missä he olivat? Ovatko he kaikki lähteneet jonnekin yhdessä jättäen Elin tähän tilaan?

Kun Miller kävi kaiken läpi, eikä missään ollut tuumaakaan järkeä, hänen puhelimensa soi. Hän toivoi, että joku tiesi jotain. Ja että El tulisi kuntoon. Hänen oli pakko olla kunnossa.

"Olen pahoillani, kessu, mutta hän sai sydänpysähdyksen", ambulanssikuski sanoi. "Emme voineet pelastaa häntä."

"Voi ei", Miller sanoi ja katkaisi yhteyden.

Hänen täytyi miettiä tämä loppuun. Hänen oli selvitettävä päänsä. Hänen oli löydettävä Katie Walker ja kerrottava hänelle, että hän oli oikeassa. Hänen äitinsä ei todellakaan ollut kuollut, mutta El oli. Miten hän kertoisi heille uutisen?

Miller soitti asemalle ja pyysi, että sinne lähetettäisiin ryhmä jäljittämään kaikki saapuvat puhelut.

"Niin pian kuin mahdollista - siis eilen", hän sanoi.

Hetkeä myöhemmin ryhmä oli matkalla Juliusten talolle.

KAPPALE 54

BENJAMIN JA KATIE

B ENJAMIN KEINUTTI KATIEN PÄÄTÄ sylissään edestakaisin ja edestakaisin. Hän teeskenteli, että he olivat keinutuolissa, vaikka he eivät olleetkaan siinä. Sen sijaan he olivat salaisessa paikassa. Salaisessa paikassa, jonne kaikki unohdetut lapset menivät.

Muut lapset juoksentelivat ja leikkivät, kun taas Katie nukkui eteenpäin. Benjamin vilkutti heille ja laittoi sitten sormensa huulilleen.

"Shhhh", hän kuiskasi.

Hän leikki Katien hiuksilla ja mietti, miten hän selittäisi tekemänsä päätöksen. Se ei ollut ensimmäinen kerta, kun hän oli vienyt jonkun salaiseen paikkaan: paikkaan Van Goghin auringonkukkamaalauksen sisällä.

Mutta Katie oli nuorin, joten hänen oli valittava jokainen sana huolellisesti, harkiten. Hän tajusi, että Katie pelästyisi, kun hän heräisi. Siksi hän oli myös antanut Katielle lisää unilääkettä, kun hän oli päättänyt, mitä tehdä. Hän toivoi, että siirtyminen olisi rauhallista ja yksinkertaista. Koska hänkin oli nyt orpo.

He olisivat yhdessä muiden lasten kanssa. Kenenkään ei tarvinnut olla yksin, ei tässä uudessa maailmassa.

Hän muisti ensimmäisen kerran, kun hän heräsi Van Goghin maailmassa. Abe ei ollut ikinä arvannut, että hän oli poissa kehostaan, kun vanha mies teki sille ilkeitä asioita.

Eikä hän nytkään saisi koskaan tietää. Koska hän, Katie ja muut olivat turvallisesti piilossa uudessa maailmassa, jonne aikuiset eivät saaneet mennä.

KAPPALE 55

ABE

S AAPUESSAAN RAUTATIEASEMALLE ABE KATSOI aikataulua. Hän osti lipun ja synkronoi kellonsa arvioidun saapumisajan kanssa. Hänen oli odotettava jonkin aikaa. Odottaa ja murehtia. Hän käveli laiturin poikki, istuutui tyhjälle penkille ja alkoi käydä huolensa yksi kerrallaan läpi. Tämä tapa käsitellä kutakin ongelmaa oli ollut hänelle arvokas strategia aiemmin.

Ensin hän teki mielessään listan, joka alkoi Elistä, Benjaminista ja päättyi Katieen. Se oli lyhyt lista; sellainen, jonka hän sai helposti nopeasti haltuunsa.

Tapaus Elin kanssa oli valitettava. El ylireagoi, mikä sai hänet tekemään samoin. Jos hän olisi vain antanut hänen hoitaa asiat.

Hän oli tehnyt niin aiemmin ja välttänyt näin yhteenoton. Hän ei ollut lyönyt häntä kovaa. Se oli vain rakkauden taputus. Hän toipuisi ja antaisi kaiken anteeksi, kuten hän aina teki. Hän soitti kotiin tarkistaakseen tytön voinnin.

"Haloo", miesääni haukkui, kun Abe eteni pankkiautomaatille. Nostettuaan rahaa hän tarkisti, mille laiturille hänen junansa saapuisi, ja lähti sinne.

Abe ei puhunut, sillä hän tyrmistyi hiljaisuuteen, kun hän tunnisti Alex Millerin äänen toisessa päässä. Mitä hän teki siellä? Oliko El soittanut hänelle? Aikoiko El nostaa syytteen häntä vastaan? Hän ei olisi koskaan aiemmin tehnyt niin, koska he olivat aina selvittäneet asian keskenään.

"Abe, oletko se sinä? El on kuollut. Abe? Abe?"

Abe ei voinut uskoa sitä. El ei voinut olla kuollut. Hän päästi puhelimen irti, ja se osui jalkakäytävään. Hän kuuli Alexin huutavan hänen nimeään ja otti puhelimen. Luojan kiitos, että se vielä toimi.

"Hän on mitä? Ei, hän ei voi olla!"

Hänen takanaan Millerin poliisiryhmä jäljitti Aben olinpaikkaa ja yritti saada hänen puhelimensa synkronoitumaan ja lähettämään sijaintinsa. Konstaapeli osoitti käsimerkein, että he tarvitsivat lisää aikaa.

Miller sanoi. "Hän sai pahan kolauksen päähänsä, soitin ambulanssin, mutta hän ei päässyt sairaalaan. Missä lapset ovat? Katie ja Benjamin eivät ole talossa. Missä sinä olet?"

Abe käveli kohti portaita ja halusi lähteä kotiin. Hänen oli pidettävä kiinni suunnitelmasta. Löytää Benjamin ja Katie.

Konstaapeli viittasi jälleen, että Millerin pitäisi venyttää puhelua pitämällä hänet linjalla.

"Etuovesi oli auki, kun tulin tänne. Olin huolissani sinusta, Abe. Olemme olleet ystäviä niin kauan, että minulla oli vaisto. Ihan kuin olisit tarvinnut minua tai jotain", Miller katsoi yli, he olivat nollanneet hänen sijaintinsa.

Hän jatkoi. "Ajattelin vain sitä aikaa, kun sinä ja minä veimme kaksi poikaani veneelle ja kalastimme vähän? Muistatko? Siitä tuntuu olevan jo niin kauan, että meidän pitäisi tehdä se uudelleen. Voisimme ottaa Benjaminin ja Katien mukaan tällä kertaa. He pitäisivät siitä. Eikö sinustakin?"

Abe sanoi. "En voi uskoa sitä Elistä. Miten hän voi olla kuollut? Kuka ikinä satuttaisi Eliä?" Hän pysähtyi ja kysyi sitten: "Sanoiko hän, sanoiko hän mitään?

"Ei, Abe, hän oli tajuton, kun saavuin paikalle. Olen ollut poliisivoimissa niin kauan, ja olemme olleet ystäviä niin kauan, että meillä taitaa olla yhteys. Kuten sanoin, kun saavuin, ovi seisoi auki."

Abe hengitti sisään.

"Oletko kunnossa? Missä sinä olet? Tulen hakemaan sinut, haluat varmasti nähdä hänet, ja voimme etsiä ne kaksi lasta, heidän on saatava tietää."

Junan pilli soi, ja sitä seurasi puuskuttava ääni.

"Minun on mentävä nyt", Abe sanoi. Hänen vanha ystävänsä höpötteli - ei mitään sellaista, mitä hän tekisi normaalioloissa. El oli sanonut jotain. Nyt he yrittivät löytää hänen sijaintinsa. Hän heitti puhelimensa roskakoriin.

"Odota, Abe!" Miller huusi ja katsoi konstaapelia.

"Meillä   on   hänen   sijaintinsa,   juna-asemalla itäpuolella. Tarkistin juuri, ja laiturilla oleva juna lähti, mutta hän on yhä laiturilla."

"Lähetä minulle sijainti, menen sinne heti."

"Selvä", konstaapeli sanoi.

Kun hän nousi autoonsa, hän laittoi vilkkuvalon katolle. Hän laittoi sireenit soimaan, minkä ansiosta hän leikkasi ruuhkaisen liikenteen läpi kuin voi.

KAPPALE 56

ABE NOUSEE JUNAAN

Junassa Abe istui nyt istuimella kaukana muista matkustajista, jotta hän voisi ajatella. El oli poissa. Hän oli kuollut. Hän oli tappanut hänet, mutta se oli vahinko. Hän ei ollut tarkoittanut satuttaa häntä. Hänen elämänsä ei ollut minkään arvoinen ilman Abea.

Ensimmäisellä pysäkillä hän katseli matkustajia laiturilla. Oli ärsyttävää nähdä heidän kävelevän kuin robotit, jotka olivat täysin keskittyneet puhelimiinsa. Jos joku käveli heidän takanaan, he saattoivat tönäistä hänet raiteille. He olisivat kuolleet ennen kuin tiesivät mitä tapahtui. Surullista, mihin maailma oli tullut. Käveleviä robotteja.

Siksi hän oli välttänyt kännykän käyttöä niin pitkään. Vasta kun Benjamin opetti hänelle, mitä hyötyä siitä oli, että se oli aina mukana, hän kokeili sitä. Kun he tapasivat lyhyellä varoitusajalla, he lähettivät toisilleen tekstiviestin. Heidän viestinsä olisivat koodattuja, jotta kukaan muu ei tietäisi, mistä he puhuivat. Se oli jännittävää ja hauskaa.

Elin kuolemaa miettiessään Abe keksi mielessään tarinan. Sen hän kertoisi kersantti Millerille, kun näkisi hänet seuraavan kerran. Hän aloittaisi kertomalla vanhalle ystävälleen, kuinka Benjamin pelkäsi, että he aikoivat ottaa Katien huostaan. Benjaminia, jota oli käytetty hyväksi sijaisperheessä. Kuinka köyhä ja järkyttynyt teini oli vahingossa tönäissyt El. El oli kaatunut lattialle. Miten hän itse oli tarkistanut ja El oli selvin päin, sitten Elin suostumuksella oli juossut ulos talosta etsimään Benjaminia, joka oli ottanut Katien mukaansa satutettuaan Eliä ja lähtenyt pakoon.

Kyllä, kaiken sen jälkeen, mitä hän oli tehnyt pojan hyväksi, hän olisi saanut tämän suostumaan tarinaan. Hänellä oli keinonsa saada poika tekemään mitä tahansa, mitä hän halusi.

Joku siirtyi hänen takanaan olevalle istuimelle: hajuveden tuoksusta päätellen nainen. Hän vilkaisi ympärilleen, kyllä, nuori nainen. Ehkä kaksikymmentäviisi. Matkalla töihin tai juhliin, hän ajatteli, hienosti pukeutuneena. Hän katsoi, kun nainen veti omenan laukustaan, ja säikähti, kun nainen puraisi ensin yhden ja sitten useita muita. Hän pureskeli suu auki. Omenamehua roiskui hänen kaulalleen. Hän pyyhki sen pois. Inhottavaa ja ärsyttävää. Hän rouskutti ja pureskeli. Rypisteli ja pureskeli. Hän odotti seuraavaa rapsahdusta, odotti jännittynein hartioin, mutta sitä ei koskaan tullut. Hän vilkaisi taaksepäin nähdäkseen syyn ja huomasi, että nainen tukehtui.

"Osaako kukaan Heimlichin manööveriä?" Abe huusi, mutta hän ja nainen olivat ainoat vaunussa.

Hän sulki suunsa tajutessaan, että hänen huutonsa oli herättänyt huomiota tilanteeseen, ja sekunnin murto-osan, ehkä enemmänkin, ajan hän toivoi, että olisi antanut naisen tukehtua.

Kun kanssamatkustajat tulivat heitä kohti, hän löi naista kovaa selkään, ja tämä sylki omenan lattialle.

KAPPALE 57

MILLER SEURANTA ABE

MILLER KIERSI LIIKENTEEN LÄPI. Hän otti paikan juna-aseman sisäänkäynnin luona. Hän jätti valot vilkkumaan, jotta lippuvirkailijat eivät pidättäneet häntä. Hän juoksi portaita ylös.

"Olet melkein perillä. Suoraan eteenpäin. Aivan vasemmalla puolellasi", valvontavirkailija sanoi.

"Ainoa asia laiturilla minun lisäkseni on roskakori", Miller sanoi. Hän käveli sitä kohti.

"Kyllä, sieltä signaali tulee."

Ylikonstaapeli Miller puki hanskat käteensä ja työnsi kätensä roskakoriin. Työnnettyään syrjään banaaninkuoren hän löysi etsimänsä: Aben puhelimen.

"Voinko auttaa?" konduktööri kysyi.

"Kyllä, kuinka kauan siitä on, kun viimeinen juna lähti täältä?"

"Viisitoista minuuttia sitten, mutta he eivät päässeet pitkälle."

Miller katsoi kaksin silmin. "Miten niin?"

Konduktööri jatkoi. "Juna pysähtyi hätätilanteen vuoksi, ja kyydissä oli matkustaja. Ambulanssi on noutanut naisen, ja hän on matkalla sairaalaan. Uhri, jonka kurkkuun on jäänyt omena. He sanovat, että hän tulee kuntoon, tarkistavat hänet vain varmuuden vuoksi vakuutusta varten."

"Mikä oli junan lopullinen määränpää?" Miller kysyi.

"Se on pikajuna, joten vain yksi pysäkki päätepysäkillä."

"Kiitos", Miller sanoi. Hän ryntäsi portaita alas, autoonsa ja aktivoi sireenin.

KAPPALE 58

ABE LAUPIAS SAMARIALAINEN

ABE EI OLLUT ENää junassa, vaan piti pelastamansa naisen kättä. He olivat ambulanssin takapenkillä ja matkalla sairaalaan.

Pian sen jälkeen, kun nainen oli sylkenyt omenan ulos, ambulanssi saapui. Ärsyttävä nuori nainen kieltäytyi nousemasta autoon, ellei Abe lähde mukaansa sairaalaan.

"Hän on minun laupias samarialaiseni", nainen sanoi.

Kun ensihoitajat työnsivät naisen paareilla sairaalaan, Abe näki tilaisuutensa paeta. Hän soitti taksin. Kun hän odotti laiturilla, ambulanssin kuljettaja tuli ulos.

"Kiitos, että otit tilanteen haltuun ja pelastit naisen hengen."

"Totta kai", Abe sanoi avoimen ikkunan läpi. Sitten kuljettajalle: "Jätä minut Magnolian ja Tammen kulmaan."

Valkoinen pakettiauto ajoi pois, kun ambulanssikuski nousi autonsa ohjaamoon. Radiosta kuului viesti, jossa kaikkia kuljettajia pyydettiin pitämään silmällä miestä, joka vastasi Aben kuvausta.

KAPPALE 59

MILLER JA ABE

ILLERIN PUHELIN SOI. "AMBULANSSIKUSKI soitti juuri. Hän sanoi, että Aben kuvaukseen sopiva mies lähti muutama minuutti sitten valkoisella pakettiautolla. Niin, sairaalasta. Hän sanoi, että Abe pelasti naisen hengen junassa."

"Kuulostaa enemmän siltä Abelta, jonka tunnen. Saiko kuljettaja rekisterinumeron?"

"Ei, mutta hän kuuli, kun vanhempi herrasmies pyysi, että hänet vietäisiin Magnolian ja Oakin kulmaan."

"Olen melkein perillä", Miller sanoi ja katkaisi yhteyden. Hän ihmetteli, mitä lähistöllä oli - se oli tunnetusti rähjäinen alue, jossa huorat reunustivat katuja päivälläkin.

Muutamaa korttelia myöhemmin valkoinen pakettiauto pysähtyi valoihin Magnolian kohdalla. Miller nousi autostaan ja lähestyi matkustajan puolta. Abe ei ollut mikään kevytkenkäinen, mutta hän ei halunnut ottaa riskiä, että hän saattaisi karata. Ajoneuvossa ei ollut matkustajaa.

Abe näytti henkilöllisyystodistuksensa ja kysyi sitten, oliko hän tuonut matkustajan, vanhemman herrasmiehen, tähän paikkaan. Mies nyökkäsi. "Minne hän meni?"

"Hän nousi ulos, pari korttelia taaksepäin. Maksoi minulle käteisellä ja sanoi sitten kävelevänsä loppumatkan."

"Niin lähellä", Miller sanoi palatessaan autoonsa, sitten hän muutti mielensä ja siirtyi jalkakäytävälle. Hän katsoi ylös ja alas - ei merkkiäkään Abesta. Hän ylitti kadun ja teki saman siellä ja näki jonkun tulevan ulos kaupasta kassia kantaen. Hänen täytyi juosta muutama kortteli saadakseen Aben kiinni - valoista piittaamatta - mutta lopulta hän huomasi hänet.

Miller katseli, kun hänen vanha ystävänsä nousi portaita. Concierge avasi hänelle oven ja nosti hattua.

Miller vilautti korttiaan portieerille ja meni sitten sisään. Hissin ovet sulkeutuivat ja suuntautuivat seitsemänteen kerrokseen. Hän harkitsi nousevansa portaat ylös, mutta sen sijaan hän odotti, että hissi palaisi taas alas. Hän astui sisään ja painoi nappia, ja hetken kuluttua hän oli oikeassa kerroksessa, jossa hänellä oli neljä ovea valittavana. Mikä niistä oli Aben? Ja mitä hän teki asunnossa tällä alueella? Hän siirtyi varovasti ovelta ovelle ja kuunteli korvansa tiukasti ovea vasten, jos sisältä kuului ääniä.

Hän ei kuullut mitään, ennen kuin hän saapui ovelle numero neljä.

KAPPALE 60

HUONE

Huoneessa Abe seisoi paikallaan yrittäessään hengähtää. Oliko hän menettämässä järkensä? Hetken hän luuli nähneensä Alex Millerin ulkona. Hänen vanha ystävänsä ei voinut mitenkään seurata häntä - hän oli hylännyt puhelimensa.

Hän avasi laukun, otti uuden kertakäyttöisen puhelimensa esiin ja kytki sen lataukseen. Sitten hän otti esiin kaksi pussia karkkia - Benjaminin suosikkeja. Hän kaatoi ne astiaan, jonka hän asetti yöpöydälle.

Kun hän katseli ympärilleen huoneessa, hän huomasi kaksi lasia sohvapöydällä. Ne olivat siis siellä, tai olivat olleet siellä. Hän tajusi, että häntä janotti, ja kaatoi itselleen viileän vesilasillisen.

Hän joi sen alas, kaatoi sitten toisen lasin ja piti sitä otsaansa vasten. Se tuntui hyvältä, joten hän piti sitä paikallaan katsellessaan ympärilleen huoneessa.

Hänen takanaan hana tippui. Hän muisti olleensa sängyssä yhden heidän monista istunnoistaan jälkeen, kun Benjamin nukkui hänen vieressään. Silloinkin hana tippui tippui tippui tippui. Hän joutui nousemaan sängystä ja kiristämään sitä. Palata takaisin sänkyyn, ja taas tippa tippa tippa tippa tippa. Hän löysi tiskialtaan alta jakoavaimen ja korjasi ongelman, mutta nyt se palasi taas. Siitä oli aikaa, kun he olivat viimeksi olleet yhdessä.

Hän istuutui sängyn reunalle. "Katie? Benjamin?" Ei vastausta. Hän yritti uudestaan ja nosti peittoa ylös katsellakseen sängyn alle. "Kuulen sinun hengittävän." Hän liikkui parveketta kohti: "Tule ulos, tule ulos, missä ikinä oletkin

KAPPALE 61

MITÄ?

ODOTTAKAA. MILLER KYSYI ITSELTÄÄN, sanoiko Abe heidän nimensä ääneen? Hän työnsi korvansa lähemmäs. Siinä se taas oli, vanha mies kutsui lapsia, aivan kuin he olisivat leikkineet piiloleikkiä. Miller raapaisi päätään. Äänensävy, jota Abe käytti, oli leikkisä ja tuttu. Kuin hän olisi tehnyt tällaista ennenkin.

Sisällä huoneessa hän kuuli askelia, joita seurasi oven avautumisen ja sulkeutumisen ääni. Hän piti korvansa painettuna ovea vasten, kun vessanpönttö huuhteli, vesihana kilisi, ovi avautui ja askeleet kulkivat huoneen poikki, jossa sänky narisi. Hetkeä myöhemmin Miller kuuli kovaa kuorsausta. Aben vaimo oli kuollut, ja hän nukkui päiväunia.

KAPPALE 62

UNELMOINTI

A BE NÄKI UNTA, ETTÄ hän oli kotona ja Elin kanssa. Yhdessä hetkessä he lensivät yhdessä taivaan yllä. Toisessa hetkessä he lusikoivat yhdessä sängyllä.

El kuiskasi miehen korvaan: "Abe."

"Abe", Benjamin kuiskasi.

"Benjamin?" hän sanoi noustessaan sängystä. Ei vastausta.

Abe käveli kaapin luo. Hän muisti Benjaminin, vuosia sitten, kun tämä oli tullut heidän kotiinsa ensimmäistä kertaa. Hän pelkäsi kaikkia ja kaikkea ja oli löytänyt lohtua piiloutumalla komeroon.

"Tiedän, että olet siellä", hän sanoi liu'uttaen oven auki. Totta kai Benjamin oli siellä. Kaukana, kaukana seinää vasten, ristissä istuen.

Abe tunnusteli seinää pitkin etsien valokatkaisijaa. Sitä ei ollut.

"Tule ulos, Benjamin", hän kehotti. "Toin sinulle suklaata ja karkkeja: suosikkejasi." Poika ei silti liikkunut. Abe vetäytyi sinne, missä poltettava puhelin latautui. Melkein puolivälissä. Hän latasi taskulamppusovelluksen. Hän kokeili sitä ja se toimi hyvin. Hän eteni kaappiin puhelimen valaisemana.

Benjaminilla oli kädessään jotain, rähjäinen nukke. Abe tähtäsi taskulampulla. Kädessään ollut esine ei ollut nukke: se oli Katie.

Hän siirtyi lähemmäs, lähemmäs. Hän ojensi kätensä ja kosketti ensin pojan ja sitten tytön poskea - molemmat olivat jääkylmiä. Hän huusi huudon herättääkseen kuolleet.

KAPPALE 63

KUTSUMATON SISÄÄNPÄÄSY

MILLER POTKAISI OVEA MAAHAN saappaat jalassaan. Nyt sisällä hän veti aseensa holkista, kun Abe tuli kaapista. Kuin zombi, hän huojui lattialla ja kaatui sitten ensin polvilleen ja sitten kasvot alaspäin lattialle.

Miller osoitti aseellaan yhä Abea, joka nyyhkytti ja vikisi kuin mielensä menettänyt mies. Miller siirtyi lähemmäs yrittäen saada selville, mitä Abe sanoi. Ensin hän ei saanut siitä selvää, sitten hän kuuli: "Kuollut. Kuollut. Kuollut."

Hän kääntyi kohti komeroa ja kun ovi oli jo auki, astui sisään. Oli liian pimeää; hän ei nähnyt mitään. Hän astui ulos, käytti taktista taskulamppua aseessaan ja meni takaisin sisälle.

KAPPALE 64

KUOLLEET RUUMIIT

TASKULAMPPU OLI LIIAN VOIMAKAS näin pieneen tilaan. Säteet kimpoilivat ja loivat tummia varjoja ennen kuin ne osuivat kohdalleen. Kaksi lasta: Benjamin ja Katie.

Ensin hän luuli heidän nukkuvan. Hän ajoi valoa heidän silmiensä yli. Ensin pojan, sitten tytön. Nyt hän oli varma. Hän oli nähnyt sen niin monta kertaa. Lapset näyttivät kuin ruumishuoneen laatoille asetetut ruumiit.

Hän kosketti Katien kasvoja ja säpsähti: ne olivat jääkylmät. Lapsiparka. Kuoli tietämättä, että hän oli oikeassa äitinsä suhteen. Benjamin oli myös kylmä.

Hän tiesi, ettei hänen pitäisi siirtää heitä. Hän ei saisi häiritä heidän viimeistä leposijaansa. Ja silti, vaikka hän tiesi paremmin, - Vaikka hän tajusi, että hän häiritsisi todisteita, hän teki sen silti.

Millerin oli ensin purettava ne. Benjaminin kädet olivat Katien ympärillä, aivan kuin hän olisi yrittänyt suojella häntä. Katien pää lysähti ja lepäsi Katien olkapäällä. Hänen hunajalta tuoksuvat hiuksensa sivelivät hänen poskeaan, kun hän laski Katien sängylle. Hän palasi komerolle ja vilkaisi samalla Abea. Hän oli yhä lattialla ja katsoi eteenpäin kuin zombi. Miller nosti Benjaminin ylös ja laski hänet sängylle.

Vilkaisten Abea, raapien päätään, hän ajatteli omia lapsiaan. Miten tämä oli voinut tapahtua? Mitä tekemistä sillä oli Elin kuoleman kanssa? "Mitä tapahtui, mies?" hän kysyi Abelta.

Abe veti itsensä polvilleen. Hänellä ei ollut voimia vetää itseään jaloilleen. Hänen päänsä notkui ja hänen silmänsä tuijottivat lattiaa.

Miller huusi: "Mitä helvettiä täällä tapahtui?"

Abe nyyhkytti ja heittäytyi sitten matolle. Hän painoi täydet kasvonsa mattoon, aivan kuin tunne karheasta kankaasta ihoa vasten lohduttaisi häntä.

Miller meni lähemmäs, niin että hänen saappaansa koskettivat Aben päätä. Hän kuiskasi: "Katie oli oikeassa - hänen äitinsä on elossa".

"Mitä?" Abe vastasi.

"Sillä ei ole enää väliä", Miller sanoi. "Hän on kuollut. He ovat molemmat kuolleet."

Tällä kertaa Abe löi otsaansa lattiaan.

Miller kaatoi itselleen lasillisen vettä. Hän joi sen alas, mutta se nousi heti takaisin ylös, kun hanan tippa tippui taustalla. Hän ajatteli viedä vettä Abelle. Hän ei tehnyt niin.

"Nouse ylös, Abe", Miller vaati. Kun Abe oli pystyssä, Miller kohautti hänen olkapäitään: "Selitä itsellesi, mies."

Abe alkoi räknätä ja itkeä. Hän lyyhistyi polvilleen.

Miller meni komeroon, veti sieltä huovan ja kietoi sen Aben olkapäille. Hän yritti olla ajattelematta lapsia ja keskittyi sen sijaan asioihin, jotka hänen piti tehdä. Hänen oli soitettava kuolinsyyntutkijalle ja saatava asiat liikkeelle tutkimusta varten. Miksi hän epäröi? Mitä hän odotti? Siinä ei ollut järkeä - missään. Lapset olivat jääkylmiä - aivan kuin he olisivat olleet kuolleet jo jonkin aikaa - vaikka Elin mukaan he eivät olisi voineet olla poissa kauan. Mitä oli siis tapahtunut? Kuka oli vastuussa? Hän soitti, eikä tarjonnut juurikaan selityksiä. "Kaksi kuollutta lasta: syy tuntematon", hän sanoi.

Odottaessaan puhetta komentajansa kanssa hän vilkaisi kahta sängyllä olevaa lasta. He näyttivät pelokkailta - aivan kuin heidät olisi pelästytetty kuoliaaksi. Hän pudisti päätään. Ihmiset saattoivat kuolla moniin asioihin, mutta eivät pelkoon.

Kun hän oli katkaissut puhelun, hän palasi Aben luo. "Mitä ihmettä täällä tapahtui?" Hän auttoi Aben jaloilleen ja johdatti tämän lavuaarin luo hakemaan lasillisen vettä.

Abe otti kulauksen ja sanoi sitten: "Tarvitsen ilmaa!" Hän käveli huoneen poikki ja heitti parvekkeelle johtavan oven takaisin.

Miller seisoi terassin oven kaarien sisällä; hän pelkäsi, että hänen vanha ystävänsä saattaisi hypätä.

Jostain päin huonetta nyyhkytti lapsi.

Abe ja Miller kääntyivät sänkyä kohti tietäen hyvin, ettei ääni ollut tullut sieltä. Molemmat miehet seisoivat paikoillaan, kaikki aistit valppaina, kun he odottivat kuulevansa äänen uudelleen.

"Kuolinsyyntutkija", ääni ulkona sanoi koputuksen jälkeen.

"Se on auki", Miller sanoi, kun tiimi, mukaan lukien oikeuslääkärit, saapui paikalle.

Miller vilkaisi Abea, joka istui ilmeettömänä. Hänen siniset silmänsä näyttivät vielä sinisemmiltä hänen aavemaisen kalpeutensa kätkemänä.

"Mitäs meillä on täällä?" eräs oikeuslääketieteellisen ryhmän jäsen kysyi.

"Kaksi kuollutta lasta", Miller vastasi.

Ryhmä ryhtyi turvaamaan todisteita.

Miller ja Abe seisoivat vierekkäin odottamassa ääntä: vikisevän lapsen ääntä.

KAPPALE 65

MAALAUS

ABE NOUSI YLÖS JA siirtyi eteenpäin ja kallisteli päätään kuin olisi kuullut jotain.

Miller ei kuullut mitään. Hän avasi suunsa sanoakseen jotain Abelle, mutta tämä oli kuin transsissa. Hän ravisteli jalkojaan matolla.

Abe kaatui polvilleen nyyhkyttäen sanat: "Olen pahoillani, Benjamin. Olen niin pahoillani. Haluan vain, että olet täällä. Ole kiltti." Hänen vartalonsa kaatui eteenpäin niin, että hänen päänsä lepäsi matolla.

Miller oli kahden vaiheilla. Yksi oli lohduttaa vanhaa ystäväänsä, joka näki harhoja. Toinen oli auttaa tiimiä - he olivat melkein valmiita laittamaan kaksi lasta ruumissäkkeihin.

Sen sijaan hän ei tehnyt mitään, kun Benjamin suljettiin vihreään pussiin. Hän vapisi, kun vetoketjun sulkeutumisen toinen ääni Katie in leikkasi hiljaisuuden läpi.

"Nouse ylös", ääni tyhjästä käski.

Abe teki niin ja nousi jaloilleen kuin nukketeatterin elävöittämä nukke.

"Mene maalauksen luo", ääni ohjasi.

Abe seurasi ohjeita kuin zombi ja pysähtyi Van Goghin vedoksen kohdalle.

"Ei! Ei!" hän huusi peittäen päänsä käsillään.

Miller siirtyi suoraan hänen taakseen, jotta hän voisi katsoa uusintapainosta lähemmin. Hän näki vain maljakon auringonkukkia - ei sillä, että hän olisi odottanut näkevänsä mitään muuta. Kun Abe alkoi taas puhua, Miller siirtyi kauemmas.

Abe otti kätensä pois kasvoiltaan ja nyyhkytti: "Miksi? Miksi? Miksi? Kerro minulle miksi?"

Lasten ruumiita kantanut ryhmä eteni kohti ovea. Yksi kysyi: "Kenelle tuo vanha veikko puhuu?"

Vastaamatta Miller vilkutti pois.

Ääni kuului. Pojan ääni, joka kuulosti ontolta, kuin se olisi tullut tunnelin sisältä. "Tiedät kyllä miksi."

"Benjamin", Abe sanoi. "Minä rakastan sinua."

Ryhmä ruumissäkkien kanssa pysähtyi. He eivät tienneet, että ääni, jonka he kuulivat, oli Benjaminin - pojan, jonka ruumis oli yhdessä heidän kantamistaan pusseista.

"Laittakaa pussit takaisin sängylle", Miller käski. "Avatkaa vetoketju siitä, jossa poika on - HETI."

Ryhmä teki kuten Miller käski. Benjamin oli valkoinen, silmät kiinni. Hän oli yhä kuollut. Miller tuijotti pojan liikkumattomia kasvoja, kun hänen äänensä kuului jälleen.

"Tiedät, mitä teit minulle. Sinä tiedät."

"Minä olen rakastanut sinua. Rakastan sinua vieläkin", Abe vastasi ja kurottautui tyhjään ilmaan.

"Rakastanut ketä? Kenelle hän puhuu, itse Van Goghille?" yksi ryhmän jäsenistä kysyi.

"Shhh", Miller vastasi.

"Se mitä me teimme, oli rakkautta. Koska rakastimme toisiamme", Abe tunnusti.

Miller pudisti päätään. Kuuliko hän oikein? Hän puristi nyrkkejään sulkiessaan kuilun entisen ystävänsä ja itsensä väliin.

Abe katsoi kattoon, aivan kuin hän olisi luullut Benjaminin puhuvan hänelle taivaasta.

"Miksi sinun piti tappaa itsesi ja Katie? Miksi?"

"Tein, mitä minun oli tehtävä."

"Rankaistaksesi minua?"

"Kyllä, koska tunnen sinut."

Miller puristi nyrkkejään.

"En olisi koskenut häneen", Abe nyyhkytti.

"En usko sinua."

Abe pysytteli patsasmaisesti maalauksen edessä silmät taivaanrantaan tuijottaen.

Miller mutisi takanaan olevalle tiimille: "Minä jatkan tästä."

He vetivät Benjaminin laukun kiinni ja kantoivat kaksi lasta ulos huoneesta.

Miller siirtyi niin, että Abe oli suoraan hänen edessään.

Abe jatkoi katsomista kohti taivasta. Aika tuntui pysähtyvän.

Sitten maalauksesta työntyi veitsi ja yhdellä nopealla liikkeellä viilsi Aben kurkun auki.

Muutaman sekunnin ajan Abe pysyi samassa asennossa. Ainoa liike oli veri, joka virtasi haavasta. Sitten painovoima otti vallan, ja Abe putosi lattialle pää katosi sängynpeitteen alle.

RÄJÄHDYS.   Kehystetty   Van   Goghin auringonkukkamaalaus putosi lattialle. Lasinen etusivu pirstoutui tuhanneksi sirpaleeksi.

Miller kutsui tiimin takaisin. Kun he astuivat takaisin huoneeseen, lattia oli verinen sotku. "Missä hänen päänsä on?" yksi kysyi.

Miller puhui kuin se olisi ollut jokapäiväistä. "Se on sängyn alla."

Yksi nosti peittoa, toinen kurkotti sen alle. He tunkivat Aben ruumispussiin silmät auki. Se oli tapahtunut niin nopeasti, ettei hän ollut ehtinyt räpäyttää silmiään. He vetivät ruumispussin kiinni.

"Älkää laittako lapsia lähellekään häntä", Miller sanoi. "Laittakaa hänet takakonttiin tai katolle, minne vain - mutta ei lasten kanssa."

"Totta kai, me huolehdimme siitä."

KAPPALE 66

SGT. MILLER

MILLER MENI PARVEKKEELLE HAUKKAAMAAN raitista ilmaa. Hänen täytyi miettiä kaikkea, koska mikään ei ollut järkevää. Ensin oli Elin kuolema. Oliko hän tiennyt, mitä hänen miehensä ja kasvattilapsensa kanssa oli tekeillä? Hän ei uskonut, että hän olisi voinut tietää. Ei El.

Benjamin ja Katie näyttivät siltä, että heidät oli pelästytetty kuoliaaksi - mutta he olivat kuolleet kauan ennen kuin Abe oli saapunut tähän paikkaan.

Mitä tulee Aben sijaispoikansa hyväksikäyttöön, se oli kieroutunutta. Liian kieroutunutta ajatellakseni. Hän ei halunnut ajatella, kuinka monta kertaa Abe oli ollut vieraana hänen omassa kodissaan. Niistä ajoista, jotka Abe oli viettänyt omien lastensa kanssa.

Sitten oli vielä tapahtumien yliluonnollinen puoli. Ylikonstaapeli Miller ei uskonut yliluonnolliseen. Hän oli kuitenkin nähnyt sen ja kuullut ääniä. Mutta miten hän selittäisi sen? Hän ei pystyisi siihen ikinä.

Maailma oli tullut hulluksi.

Miller palasi sisälle, paiskasi parvekkeen ovet kiinni ja lukitsi ne. Mies ja nainen olivat siellä imurin ja matonpesukoneen kanssa.

Nainen kysyi: "Sopiiko, jos aloitan?" Millerille, joka nyökkäsi. Nainen käynnisti imurikoneen, ja muutaman sekunnin ajan Miller seisoi kuuntelemassa, kuinka lasia imettiin metallisäiliöön.

"Seis!" hän käski, kun hän siirtyi lattian poikki. Hän kumartui ja poimi yksittäisen auringonkukan lasinpalasta.

Nainen palasi taas imuroimaan, kun Miller piti auringonkukkaa silmiensä edessä.

Sitten hän näki sen - liikettä - auringonkukan sisällä. Maaleja, krominkeltaista, sitruunankeltaista, värejä, jotka pyörivät ja kääntyivät kuin kaleidoskoopissa. Hän tunsi maton liikkuvan allaan, kun hän pudotti auringonkukan, sitten kaikki muuttui mustaksi, kun hän putosi lattialle.

KAPPALE 67

KATIE HERÄÄ

"**B**ENJAMIN", KATIE SANOI, "MINUN ei ole tarkoitus olla täällä." Katie oli keinussa, ja mies työnsi häntä yhä korkeammalle, mutta ei liian korkealle.

"Totta kai sinun pitäisi olla täällä", Benjamin sanoi.

Lapset kaikkialla heidän ympärillään leikkivät. Muutamat olivat hiekkalaatikolla. Toiset kiikkesivät. Monet kilpailivat pesäpallo- ja jalkapallopeleissä. Useat pelasivat lautapelejä, kuten shakkia, nappuloita ja marmoria.

"Olet tervetullut tänne", eräs Benjaminia nuorempi poika sanoi Katille.

Hänellä oli farkkuhaalari, jonka alla ei ollut paitaa. Hänellä oli kultainen rusketus, joka sai vaaleat hiukset ja siniset silmät hallitsemaan hänen urheilullisia kasvojaan.

"Olet oikein tervetullut tänne, uusi siskoni", Katieta nuorempi tyttö sanoi. Hänen hiuksensa olivat kiharoita, jotka pomppivat, kun hän juoksi. Hän näytti sievältä sinisessä mekossa, jossa oli pitsiä reunoilla, ja hänen jalassaan oli valkoiset sandaalit.

"Mutta minä en ole kuin sinä", Katie sanoi. "En kuulu tänne. Kuulit, mitä ylikonstaapeli Miller sanoi. Hän sanoi, että äitini on elossa. Hän odottaa minua varmaan rantakadulla. Hän käski minun olla liikkumatta. Hän on varmasti huolissaan minusta."

Benjamin työnsi häntä korkeammalle: "Olet turvassa täällä."

Tumbleweeds puhalsi puiston läpi. Puisto Van Goghin särkyneen auringonkukkamaalauksen sisällä. Paikka, jossa kaikki unohdetut lapset asuivat ja leikkivät yhdessä ikuisesti.

Sillä vaikka lasirintama särkyi tässä maailmassa, se säilyi ehjänä toisessa maailmassa. Jokaisen lapsen aikakello kääntyi taaksepäin, takaisin.

Takaisin. Aikaan, jolloin he menettivät lapsuutensa. Kun heidän oli pakko kasvaa aikuisiksi liian nopeasti.

Maalauksen sisällä lapset pysyivät ikuisesti lapsina. Van Goghin aurinkoisten auringonkukkien turvassa oli lupaus. Lupaus, ettei lapsia enää koskaan satutettaisi, hyväksikäytettäisi, peloteltaisiin tai laiminlyötäisiin.

KAPPALE 68

SGT. MILLER

RUUMISHUONEELLA MILLER OLI VALITSEMASSA arkkuja Elille, Katielle ja Benjaminille - ja Abelle. Hän olisi antanut ukon mennä kakkoselle pahvilaatikkoon, jos olisi voinut, mutta se ei sopinut hänelle. Niinpä hänen oli valittava neljä arkkua neljälle ruumiille. Jonkun oli tehtävä se.

Miller toivoi saavansa päätöksen hoitamalla tämän tehtävän. Silti Katien kadonnut äiti Jennifer Walker leikki hänen mielessään. Hän oli tuolla jossain - ja hänen tyttärensä oli kuollut, koska hän oli jättänyt hänet yksin rantaan. Mikä tragedia.

Sellainen menetys. Kaikki olisi voitu estää. Vanhemman oli tarkoitus suojella lastaan - tapahtui mitä tahansa.

Vaarantaa itsensä mieluummin kuin antaa lapsen vahingoittua. Milloin kaikki meni pieleen ja miksei hän huomannut sitä?

Miller ei saanut päätöstä. Hän ei saanut mielenrauhaa.

Ja hänen sisuksissaan jokin kalvoi. Se söi häntä sisältä ulospäin. Hän palasi Juliusten kotiin toivoen löytävänsä vastauksia. Tontti oli yhä eristetty teipillä, ja poliisi seisoi ulko-ovella.

"Onko siellä ketään?" Miller kysyi.

"Ei, kessu. Luulen, että he ovat aika lailla lopettaneet sen tältä päivältä. He ovat etsineet sormenjälkiä ja ottaneet pois kaiken, mitä halusivat säilyttää todistusaineistona." Hän katsoi kelloaan. "Aioin palata pian asemalle. Työvuoroni on melkein ohi."

"Tuleeko joku muu vahtimaan paikkaa yön yli?" Miller kysyi.

"En usko."

"Mene sitten", Miller sanoi, "minä jatkan tästä."

Konstaapeli nousi poliisiautoonsa ja ajoi pois. Miller katsoi, kun hän ajoi pois, ja meni sitten taloon.

Sisälle päästyään hän antoi vatsaansa kalvavan tunteen johdattaa hänet sinne, minne hänen piti mennä. Alas käytävää pitkin. Aben toimistoon. Hän tarkisti pöydän: lukossa. Hän meni keittiöön ja otti veitsen laatikosta. Hän murtautui sillä pöydän sisään. Se mitä hän etsi, oli siellä, melkein kuin odottaisi häntä: Aben pääkirja.

Miller selaili joulua edeltäviä sivuja etsien nukketilauksia. Siellä oli useita tilauksia vuosien varrelta, mukaan lukien lasten kuvat, heidän täydelliset osoitteensa ja kuvat lapsista ja heidän sopivista nukkeistaan.

Kasassa ei kuitenkaan ollut Katien kuvaa, mutta hän pystyi varmistamaan, että tilauksen tehnyt ja nuken noutanut henkilö oli ollut Mark Wheeler.

Hän löysi yhteensä seitsemän tilausta vuosien varrelta. Kuva lapsesta nuken kuvan vieressä. Katien ostos oli ollut viimeinen.

Hän istui Aben tuolissa vielä muutaman sekunnin, kun hän selaili tiedostojaan. Huomattavaa oli hakemus Benjaminin adoptoimiseksi. Siinä sanottiin, että hän ottaisi myös talon ja kaupan omistukseensa. Mitään ei ollut vielä lyöty lukkoon, sillä Eln ei ollut allekirjoittanut sitä. Hän nappasi hakemuksen ja pääkirjan ja kantoi ne ulos toimistosta.

Hän meni Katien huoneeseen. Hetkeen hän ei saanut henkeä. Katien näköinen nukke oli sängyllä, istui ylhäällä ja katseli häntä. Odotti häntä. Jos nukke olisi hengittänyt, se ei olisi voinut tyrmistyttää häntä enempää. Koska hän ei pystynyt liikkumaan, hänen aistinsa kiihtyivät.

Ensin kuului viheltävä ääni. Räpyttelyä. Paisuvat verhot. Nukketta kohti kurottautuvat lonkerot kuin kangaslonkerot.

Hän vapisi, kääntyi lähteäkseen, mutta ei pystynyt. Hän kietoi kätensä ympärilleen.

"Okei, okei", hän ei sanonut kenellekään. Hän kauhoi nuken ja kantoi sen ulos huoneesta ja keittiöön. Hän etsi tiskialtaan alta tarpeeksi isoa pussia, johon hän voisi laittaa nuken. Hän ei uskaltanut laittaa sitä vihreään jätesäkkiin - se muistutti liikaa ruumispussia. Sen sijaan hän löysi sinisen läpinäkyvän kierrätyspussin ja laittoi nuken siihen jalat edellä.

Hän lukitsi talon, nousi autoonsa ja ajoi kaupungin toiselle puolelle. Kun hän saapui rakennukseen, vahtimestari tunnisti hänet, joten hänen ei tarvinnut näyttää virkamerkkiä. Hyvä niin, sillä hänellä oli nukke mukanaan suuressa läpinäkyvässä pussissa.

"Vien teidät ylös", Matthew Barry, vastaanottopäällikkö, sanoi. Hän johdatti meidät hissiin ja ylös seitsemänteen kerrokseen.

Matkalla hississä ylöspäin Miller kysyi itseltään paljon kysymyksiä, kuten mitä hän oli tekemässä ja miksi, mutta vastauksia ei tullut.

Hän tiesi varmasti vain sen, että sen jälkeen kun hän otti nuken käteensä, tunne, joka oli syönyt hänen sisintään, väheni. Kun hän lähestyi huonetta, se häipyi taustalle.

Barry käänsi avainta lukossa, ja WHAM, sireeni kiljui - ja sai johtajan tuntemaan, että hänen aivonsa räjähtäisivät. Miesparka napsautti jokaista nappia seinällä - yrittäen saada väkivaltaisen äänen loppumaan. Kun mikään ei toiminut, hän peitti korvansa ja lopulta kääntyi ja lähti huutaen ulos huoneesta.

Milleriinkin sireenit vaikuttivat, mutta eivät yhtä paljon kuin johtajaan. Hän kaatui sängylle, käytti tyynyjä äänen vaimentamiseen ja toivoi, että ääni loppuisi pian. Hän sulki silmänsä ja pimeni. Kun hän heräsi, tyynyt olivat lattialla ja huone oli hiljainen.

Hän nielaisi hieman vettä ja roiskutti sitten vähän kasvoilleen. Hän huomasi, että matto oli uusi, tällä kertaa pehmeämpi. Sitten hän näki jotain muuta: uuden Van Goghin auringonkukkamaalauksen, joka oli suljettu antiikkiseen kultakehykseen.

Samalla kun hana tippui, hän tutki maalausta. Hän ei nähnyt mitään liikettä, sitten hän muisti nuken. Hän näki muovipussin lattialla sängyn vieressä: se oli tyhjä.

Päätään raapien hän kääntyi ja käveli kohti ovea, ja kun hän laittoi kätensä ovenkahvaan, lasten äänet soivat:

Kiitos kukista,

Kiitos puista,

Kiitos vesiputouksista,

Kiitos tuulesta.

Olemme nyt täällä yhdessä.

Vapaana vahingosta ja tuskasta

Kiitos, kersantti Miller

Että tulit takaisin.

Nuo sanat ja sävel jatkoivat pyörimistä hänen päässään. Päiviä, viikkoja, kuukausia, vuosia.

EPILOGI

MILLER JÄI ELÄKKEELLE, JA hänellä oli vielä yksi viimeinen pyyntö työtehtävissään. Hän koputti Judy Smithin ovelle.

"Tulin tapaamaan Geraldia", hän sanoi.

Hän seurasi Judya portaita ylös: "Ylikonstaapeli Miller tuli tapaamaan sinua."

Nainen seisoi ovensuussa, kun Miller kätteli Geraldia ja ojensi hänelle kansalaisen kunniamerkin.

"Autoit meitä ratkaisemaan tapauksen", Miller sanoi. "Jatkakaa erinomaista työtä."

"Saanko kuvan teistä kahdesta?" Judy kysyi.

Miller nyökkäsi, ja hän ja Gerald juttelivat sillä aikaa, kun Judy meni alakertaan ja tuli takaisin ylös puhelin kädessään.

"Sano juusto", hän sanoi.

Muutaman valokuvan jälkeen Miller hyvästeli ja lähti kotiin. Hän toivoi rauhallista iltaa vaimonsa kanssa - mitä hän ei tiennyt, oli se, että vaimolla oli suuret yllätyseläkkeelle jäämisjuhlat odottamassa häntä.

Kiitokset

Hyvät lukijat,

Kiitos, että luitte JOKAISEN LAPSEN, jonka ensimmäisen luonnoksen kirjoitin vuoden 2013 kansallisessa romaanin kirjoittamiskuukaudessa.

Kun ensimmäinen luonnos oli valmis, tein joitakin pieniä muokkauksia ja lähetin sen sitten muutamalle betalukijalle katsomaan, miten sitä voisi parantaa - ja pitivätkö he siitä. Neljä viidestä lukijasta (jotka olivat kirjailijakollegoita) ei pitänyt Katiesta eikä Benjaminista, ja he halusivat, että kirjoittaisin hahmot uudelleen, jotta ne muistuttaisivat enemmän heidän omia lapsiaan jne. Otin heidän kommenttinsa talteen miettimään niitä, kun työskentelin muiden hankkeiden parissa. Olivatko he oikeassa? Vaistoni sanoi minulle muuta.

Lopulta päätin pysyä kannassani. Muut kirjailijat saivat kirjoittaa hahmonsa niin kuin halusivat. Jos me kaikki kirjoittaisimme hahmot samalla tavalla, mitä järkeä siinä olisi? Nämä olivat minun hahmojani, ja he olivat valinneet minut kertomaan tarinansa. Minun oli kerrottava heidän tarinansa niin kuin he halusivat, että ne kuullaan. Tässä suhteessa hahmoni ja minä olimme synkronissa.

Se sai minut etsimään kehitystoimittajaa, ja löysin erinomaisen toimittajan, jonka avusta ja kannustuksesta tulen aina olemaan kiitollinen.

Mutta EVERYONE'S CHILD ei ollut vielä valmis. Sen piti saada uudet betalukijat lukemaan, ja niin se olikin. Tällä kertaa esitin heille kysymyksiä, ja erityisesti olin huolissani leivänmuruista. Olinko jättänyt matkan varrelle tarpeeksi johdattaakseni lukijan järkyttävään lopputulokseen? Yksi viidestä lukijasta oli sitä mieltä, että olin paljastanut liikaa, ja pyysi minua vähentämään leivänmurujen määrää. Saatat olla kiinnostunut tietämään, että hän arveli aluksi väärin, mutta lukiessaan uudelleen hän huomasi enemmän vihjeitä, joita olin antanut.

Haluan käyttää tilaisuutta hyväkseni ja kiittää oikolukijoitani, betalukijoitani ja toimittajiani heidän sitoutumisestaan minuun ja tähän hankkeeseen. Teidän panoksenne oli arvokasta - hyväksyinpä sitten ehdotuksenne tai en. Siitä, että autoitte minua tekemään JOKAISEN LAPSESTA parhaan mahdollisen. Ehkä Stephen King olisi voinut/halunnut tehdä enemmän. Mutta minä en ole Stephen King!

Kiitos myös perheelle ja ystäville, jotka seisoivat rinnallani pimeyden läpi.

Ja kuten aina, hyvää lukemista!

Cathy

Kirjoittajasta

Moninkertaisesti palkittu kirjailija Cathy McGough
asuu ja kirjoittaa kaupungissa
Kanadan Ontariossa miehensä, poikansa, kahden
kissansa ja yhden koiransa kanssa.

Myös:

FICTION
Ribbyn Salaisuus
Kolmetoista novellia (sisältää mm: Sateenvarjo ja
tuuli; Margaretin ilmestys;
Voikukkaviini (READERS' FAVOURITE BOOK AWARD
FINALIST)).
Haastattelut legendaaristen kirjailijoiden
kanssa tuonpuoleisesta (2. SIJA PARAS
KIRJALLISUUSKIRJALLISUUS 2016 METAMORPH
PUBLISHING)
Plus Size Goddess

NON-FICTION
103 varainhankintaideoita vanhempien
vapaaehtoisten kanssa
Schools and Teams (3RD PLACE BEST REFERENCE 2016
METAMORPH PUBLISHING)
+ Lasten- ja nuortenkirjat